Blumen – ein Lächeln für Dich
Ein bunter Strauß Lyrik

Eine Art zu lesen

Eine Art zu fliegen

GOYA

BLUMEN – EIN LÄCHELN FÜR DICH

Ein bunter Strauß Lyrik

Illustriert von Barbara Dziadosz
Herausgegeben von Carla Swiderski und Ulrich Maske

GOYA

Für Oma Anna und ihren paradiesischen Garten,
in dem ich das Abenteuer Natur entdeckte

FSC
www.fsc.org
MIX
Papier aus verantwortungsvollen Quellen
FSC® C014138

Verlag GOYA
1. Auflage 2022

Illustrationen: Barbara Dziadosz
Herausgegeben von Ulrich Maske und Carla Swiderski
unterstützt durch Milena Schilasky, Celia John und
Constanze Albrecht
Typografie und Satz: Fabia Schubert
FINIDR, s.r.o., Lípová 1965,
737 01 Český Těšín, Tschechische Republik
Die Deutsche Bibliothek – CIP Einheitsaufnahme
ISBN 978-3 8337-4455-6

www.goyaverlag.de

»Leben ist nicht genug, sagte der Schmetterling.
Sonnenschein, Freiheit und eine kleine Blume
gehören auch dazu.«

Hans Christian Andersen

INHALTS-
VERZEICHNIS

MARGERITE

Rose Ausländer

Margerite ich rupfe und
zähle die Liebe
zu schnell zu Boden gefallen
die weißen Blättchen
auch wenn ich die gelben
Samenfäden mitzähle
zu schnell beendet die Liebe

Nicht so
wir müssen anders
zählen lernen
um der Liebe willen

GLÜCKLICHE TAGE

Ricarda Huch

Nun blüht auf aus meinem Herzen
Blumen purpurrot, das Lied.
Komm, o Freund, mit ihr zu scherzen,
Brich den Schmuck, der für dich glüht.
Pflück ihn, Falke, mein Geselle,
Schwing dich in die Lüfte wieder:
Gülden durch des Himmels Welle
Glänzt mein Lied und dein Gefieder.

DIE KINDER HABEN DIE VEILCHEN GEPFLÜCKT

Theodor Storm

Die Kinder haben die Veilchen gepflückt,
All, all, die da blühten am Mühlengraben.
Der Lenz ist da; sie wollen ihn fest
In ihren kleinen Fäusten haben.

NUR EINE ROSE ALS STÜTZE

Hilde Domin

Ich richte mir ein Zimmer ein in der Luft
unter den Akrobaten und Vögeln:
mein Bett auf dem Trapez des Gefühls
wie ein Nest im Wind
auf der äußersten Spitze des Zweigs.

Ich kaufe mir eine Decke aus der zartesten Wolle
der sanftgescheitelten Schafe die
im Mondlicht
wie schimmernde Wolken
über die feste Erde ziehen.

Ich schließe die Augen und hülle mich ein
in das Vlies der verläßlichen Tiere.
Ich will den Sand unter den kleinen Hufen spüren
und das Klicken des Riegels hören,
der die Stalltür am Abend schließt.

Aber ich liege in Vogelfedern, hoch ins Leere gewiegt.
Mir schwindelt. Ich schlafe nicht ein.
Meine Hand
greift nach einem Halt und findet
nur eine Rose als Stütze.

DER STURM

Selma Meerbaum-Eisinger

Steht ein Rosenstrauch in deinem Garten
und er ist noch gar nicht grün.
Und du kannst es kaum erwarten,
daß die erste Knospe komme, zart und dünn,
und daß sie verkünde neues Leben.
Wartest, wartest voller Angst und Beben,
bis ein Morgen kommt – und sie ist da.

Und sie ist so fein und schlank und hell,
ganz geschlossen noch und kaum gesehn
und du möchtest, daß sie aufbricht, ganz, ganz schnell,
da du weißt, wie rasch die Zarten untergehn.
Doch es enteilt ein Tag und es enteilt ein zweiter
und die Himmel werden blauer, werden weiter
und die Knospe bricht nicht auf.

Und du weißt: wenn jetzt ein Frost kommt, stirbt sie,
stirbt und hat das Leben nicht gelebt.
Möchtest gerne helfen und weißt doch nicht wie,
fürchtest sehr, daß nicht ein Wind sich hebt,
der sie dir vom Stamme bricht –
in der Nacht, du schläfst und siehst es nicht,
und sie ist bei Tag schon tot.

Kommt dann eine Nacht, und Stürme brausen um dein Haus,
um dein Haus mit den verschloßnen Toren.
Und du bäumst dich auf und willst und willst hinaus
und dir klingt's wie Wimmern in den Ohren.
Endlich bist du draußen – und du siehst den Rosenstrauch dir an –
Sieh – es ist die Knospe aufgebrochen.
Was die Sonne nicht vermocht' in langen Wochen,
hat ein einz'ger Sturm getan.

SONNENBLUME IM GEMÜSEGARTEN

Fred Endrikat

Hinter jenem alten Lattenzaun dort drüben,
der schon ziemlich arg verwittert ist vom Sturm der
Zeit,
sonnt sich ein Gemüsegarten in Beschaulichkeit.
Neben Kraut und Unkraut wachsen friedlich Kohl
und Rüben.
Neben einem Kürbis reifen zarte Zuckerschötchen.
Alles, was für eine Hausfrau nütz- und dienlich ist,
ist hier kunterbunt vertreten. Knollen neben Knötchen
wachsen unter einer Sonne – und aus einem Mist.
Hinter jenem Lattenzaun dort zwischen grünen Bohnen,
hoch empor, erhaben über dem Gerank,
sieht man, wie aus purem Gold zum Himmel
strahlend, blank
eine wunderschöne, große Sonnenblume thronen.
Leuchtend wendet sie zur Sonne ihr Gesicht,
alles, was da unten kreucht, kann sie nicht stören.
Sie bestrahlt mit überreichem Glanz und Licht
tief im Schatten die Radieschen und die Möhren.
Veilchen, Petersilie, Mohn und Sellerie
sprießen alle aus der gleichen Erdenkrume.
Neben Kraut und Rüben blüht die Sonnenblume.
Selbst auf einem Düngerhaufen liegt ein Stücklein
Poesie.

SCHWEBENDE ZUKUNFT

Joachim Ringelnatz

Habt ihr einen Kummer in der Brust
Anfang August,
Seht euch einmal bewußt
An, was wir als Kinder übersahn.

Da schickt der Löwenzahn
Seinen Samen fort in die Luft.
Der ist so leicht wie Duft
Und sinnreich rund umgeben
Von Faserstrahlen, zart wie Spinneweben.

Und er reist hoch über euer Dach,
Von Winden, schon vom Hauch gepustet.
Wenn einer von euch hustet,
Wirkt das auf ihn wie Krach,
Und er entweicht.

Luftglücklich leicht.
Wird sich sanft wo in Erde betten.
Und im Nächstjahr stehn
Dort die fetten, goldigen Rosetten,
Kuhblumen, die wir als Kind übersehn.

Zartheit und Freimut lenken
Wieder später deren Samen Fahrt.

Flöge doch unser aller Zukunftsdenken
So frei aus und so zart.

DAS KIND

Sophie Friederike Mereau

Duftende Blüthen aus freundlicher Höh'
säuseln hernieder wie glänzender Schnee;
sieh, wie die Schwalbe mit silberner Brust
fliegt an dem Teiche voll spielender Lust!

Schon sind am Wege die Büsche belaubt,
Vögelchen singen, es summt mir ums Haupt
freundlich der Käfer, und dort durch das Grün
rauschte die bunte Libelle dahin.

Welche Gerüche! woher? O, gewiss
find' ich Violen; sie duften so süß!
Sieh, wie sie blühen! Geschwind, o! geschwind
Kränze, bekränze das fröhliche Kind!

DIE NELKEN

Max Herrmann-Neiße

Der Nelkenduft, den meine Mutter liebte,
weht jetzt mir zu aus diesen fremden Beeten.
Wer dachte einst, ich müßte je betreten
dies ferne graue Land, das ungeliebte?

Wenn ich vom Markt am Samstag Nelken brachte,
fand ich ein Sträußchen bald an jedem Platze,
da meine Mutter mit dem Blumenschatze
den ganzen Schank zum Nelkenhäuschen machte.

Sie selbst trug ein paar Nelken an der Bluse,
und aus dem Bierdunst und der Gäste Lärmen
entschwebte sie mit mädchenhaftem Schwärmen
verzaubert als des Blütenmärchens Muse.

Der Duft umgab uns, wenn wir Verse lasen,
ich und die Mutter, wie verschworen beide,
ganz hingegeben dem erdachten Leide,
und Nelken prangten rings in allen Vasen.

Die Zeiten milder Glücklichkeit vergingen,
die Mutter löste längst sich aus dem Leben,
und mir war es nicht einmal mehr gegeben,
ein Nelkensträußchen ihrem Grab zu bringen.

Nun sucht die fremde Luft, die ungeliebte,
mich plötzlich durch Erinnrung zu verführen,
mit wohlvertrautem Hauche zu berühren,
dem Nelkenduft, den meine Mutter liebte.

AN ANNA BLUME

Kurt Schwitters

O du, Geliebte meiner siebenundzwanzig Sinne, ich
liebe dir! – Du deiner dich dir, ich dir du mir. – Wir?
Das gehört (beiläufig) nicht hierher.
Wer bist du, ungezähltes Frauenzimmer? Du bist – –
bist du? – Die Leute sagen, du wärest, – laß sie sagen,
sie wissen nicht, wie der Kirchturm steht.
Du trägst den Hut auf deinen Füßen und wanderst
auf die Hände, auf den Händen wanderst du.
Hallo, deine roten Kleider, in weiße Falten zersägt.
Rot liebe Anna Blume, rot liebe ich dir! – Du deiner
dich dir, ich dir, du mir. – Wir?
Das gehört (beiläufig) in die kalte Glut.
Rote Blume, rote Anna Blume, wie sagen die Leute?
Preisfrage: 1. Anna Blume hat ein Vogel.
2. Anna Blume ist rot.
3. Welche Farbe hat der Vogel?
Blau ist die Farbe deines gelben Haares.
Rot ist das Girren deines grünen Vogels.
Du schlichtes Mädchen im Alltagskleid, du liebes
grünes Tier, ich liebe dir! – Du deiner dich dir, ich dir,
du mir, – Wir?
Das gehört (beiläufig) in die Glutenkiste.

Anna Blume! Anna, a-n-n-a, ich träufle deinen
Namen. Dein Name tropft wie weiches Rindertalg.
Weißt du es, Anna, weißt du es schon?
Man kann dich auch von hinten lesen, und du, du
Herrlichste von allen, du bist von hinten wie von
vorne »a-n-n-a«.
Rindertalg träufelt streicheln über meinen Rücken.
Anna Blume, du tropfes Tier, ich liebe dir!

FRÜHLING

Joachim Ringelnatz

Die Bäume im Ofen lodern.
Die Vögel locken am Grill.
Die Sonnenschirme vermodern.
Im übrigen ist es still.

Es stecken die Spargel aus Dosen
Die zarten Köpfchen hervor.
Bunt ranken sich künstliche Rosen
In Faschingsgirlanden empor.

Ein Etwas, wie Glockenklingen,
Den Oberkellner bewegt,
Mir tausend Eier zu bringen,
Von Osterstören gelegt.

Ein süßer Duft von Havanna
Verweht in ringelnder Spur.
Ich fühle an meiner Susanna
Erwachende neue Natur.

Es lohnt sich manchmal, zu lieben,
Was kommt, nicht ist oder war.
Ein Frühlingsgedicht, geschrieben
Im kältesten Februar.

KÜCHENFENSTER

Heinrich Detering

Ist in deinem Gedicht Platz
für einen Mikrowellenherd?
Simon Armitage

aus dem Küchenfenster fällt jetzt mein Blick auf
die zartblauen Blüten im Gras die zwischen
den rosa Blüten des Apfelbaums hervor-

leuchten wie kleine Augen und das Signal-
glöckchen des Mikrowellenherds schlägt jetzt leicht
an wie eine freundliche Synchronstimme

MÄHLICH DURCHBRECHENDE SONNE

Arno Holz

Mählich durchbrechende Sonne

Schönes,

grünes, weiches
Gras.

Drin
liege ich.

Inmitten goldgelber
Butterblumen!

Über mir ... warm ... der Himmel:

Ein
weites, schütteres,
lichtwühlig, lichtblendig, lichtwogig
zitterndes
Weiß,
das mir die
Augen
langsam ... ganz ... langsam
schließt.

Wehende ... Luft ... kaum merklich
ein Duft, ein
zartes ... Summen.

Nun

bin ich fern
von jeder Welt,
ein sanftes Rot erfüllt mich ganz,
und
deutlich ... spüre ich ... wie die
Sonne
mir durchs Blut
rinnt.

Minutenlang.

Versunken
alles ... Nur noch
ich.

Selig!

DER DREIZEHNTE MONAT

Erich Kästner

Wie säh er aus, wenn er sich wünschen ließe?
Schaltmonat wär? Vielleicht Elfember hieße?
Wem zwölf genügen, dem ist nicht zu helfen.
Wie säh er aus, der dreizehnte von zwölfen?

Der Frühling müßte blühn in holden Dolden.
Jasmin und Rosen hätten Sommerfest.
Und Äpfel hingen, mürb und rot und golden,
im Herbstgeäst.

Die Tannen träten unter weißbeschneiten
Kroatenmützen aus dem Birkenhain
und kauften auf dem Markt der Jahreszeiten
Maiglöckchen ein.

Adam und Eva lägen in der Wiese.
Und liebten sich in ihrem Veilchenbett,
als ob sie niemand aus dem Paradiese
vertrieben hätt.

SOMMERTAG

Marie Luise Kaschnitz

Unter den Sonnenschirmen
Das gestreifte
Zitternde Sommerlicht
Die tiefen
Schritte im
Blauen Asphalt

Botschaften windhergetragen
Aus zahllosen Sommern
Wilde
Süße Gerüche

Mohnrot tanzendes Kornfeld
Salzige sandige Küsse
Regenbogenglänzender
Wasserstaub über
Den Sonnenblumen
Der Porta Nigra

Hinaufgerissen jahrwieder
Auf die zitternde Höhe des Lebens
Und furchtlos der Blick
Durch gefärbte Gläser
In den gewitterstrengen
Braunblauen
Mittag

ICH WACHE AUF

Elke Erb

und finde einen Zettel, auf dem steht:
Ist *mir* doch egal
Ich lese immer morgens
»der knallblaue Bach«

(mit am Rand
den Vergißmeinnicht).

Und: mein Pferd ist im Stall.
Es ist nicht der Sinn eines Pferdes, sich zu zeigen.
Alle Federpracht trägt der Pfau auf dem Rücken.
Er weiß von nichts.

Ich geh Blumen pflücken.
Das ist hier der Fall.

1.7.18

DIE BLAUE BLUME

Joseph von Eichendorff

Ich suche die blaue Blume,
Ich suche und finde sie nie,
Mir träumt, dass in der Blume
Mein gutes Glück mir blüh.

Ich wandre mit meiner Harfe
Durch Länder, Städt und Au'n,
Ob nirgends in der Runde
Die blaue Blume zu schaun.

Ich wandre schon seit lange,
Hab lang gehofft, vertraut,
Doch ach, noch nirgends hab ich
Die blaue Blum geschaut.

DEN GELBEN ASTERN EIN LIED

Selma Meerbaum-Eisinger

Sie blicken durch den Regen hell mich an,
so licht, daß sie die Sonne mir ersetzen.
Und gar nichts von des Regens Trauer kann
die leuchtend gelbe Freude mir verletzen.
Auflachend neigen sie sich in dem Grün,
das rein und frisch ihr Lachen mir begleitet –
ich leg' ihnen mein Lied zu Füßen hin,
weil sie mir eine Freude heut bereitet.

BLAUE HORTENSIE

Rainer Maria Rilke

So wie das letzte Grün in Farbentiegeln
sind diese Blätter, trocken, stumpf und rauh,
hinter den Blütendolden, die ein Blau
nicht auf sich tragen, nur von ferne spiegeln.

Sie spiegeln es verweint und ungenau,
als wollten sie es wiederum verlieren,
und wie in alten blauen Briefpapieren
ist Gelb in ihnen, Violett und Grau;

Verwaschenes wie an einer Kinderschürze,
Nichtmehrgetragenes, dem nichts mehr geschieht:
wie fühlt man eines kleinen Lebens Kürze.

Doch plötzlich scheint das Blau sich zu verneuen
in einer von den Dolden, und man sieht
ein rührend Blaues sich vor Grünem freuen.

VEILCHEN

Mascha Kaléko

Das Veilchen, zart und violett,
War Ehrengast auf dem Bankett,
Und jeder rühmte seine Tugend
Und seine Schönheit, seine Jugend.

Das Veilchen drauf, mit scheuer Miene:
Ihr lobt mich mehr, als ich verdiene.
Doch eine Tugend, die mich ziert,
Die habt ihr alle ignoriert.
– Verbeugte sich nach edlem Brauch
Und sprach: Bescheiden – bin ich auch.

MAIROSEN

Else Lasker-Schüler

Reigenlied für die großen Kinder
Peter Baum, dem Landwehrmann

Er hat seinen heiligen Schwestern versprochen,
Mich nicht zu verführen,
Zwischen Mairosen hätte er fast Sein Wort gebrochen,
Aber er machte drei Kreuze
Und ich glaubte heiss zu erfrieren.

Nun lieg' ich im düst'ren Nadelwald,
Und der Herbst saust kalte Nordostlieder
Über meine Lenzglieder.

Aber wenn es wieder warm wird,
Wünsch' ich den heiligen Schwestern beid' Hochzeit
Und wir – spielen dann unter den Mairosen.

DIE BIENE

Gertrud Kolmar

Die kleine Seele
Zarter Symbole
Taucht in das Füllhorn
Früher Gladiole,
Schöpft weiße Schaummilch,
Brockt gelbe Bretzel,
Folgt eines Windes
Freundlichem Rätsel.

Flughauch läßt klingen
Goldtropfenblumen;
Da sie noch schwingen,
Löst sie die Krumen.
Winziger Engel,
Summende Flocke,
Rührt sie den Schwengel
Glitzernder Glocke.

Des Kindes Auge,
Das Gott zerbrochen,
Eh' es zu Rosen
Leuchtend gesprochen,
Schwebt aus den Lidern,
Die sich ihm sperrten,
Hängt braun und samten
An Sonnengärten.

GLEICH UND GLEICH

Johann Wolfgang von Goethe

Ein Blumenglöckchen
Vom Boden hervor
War früh gesprosset
In lieblichem Flor;

Da kam ein Bienchen
Und naschte fein: –
Die müssen wohl beide
Füreinander sein.

EIN LIEBESLIED

Else Lasker-Schüler

Aus goldenem Odem
Erschufen uns Himmel.
O, wie wir uns lieben ...

Vögel werden Knospen an den Ästen,
Und Rosen flattern auf.

Immer suche ich nach deinen Lippen
Hinter tausend Küssen.

Eine Nacht aus Gold,
Sterne aus Nacht.
Niemand sieht uns.

Kommt das Licht mit dem Grün,
Schlummern wir;
Nur unsere Schultern spielen noch wie Falter.

GARTENPLAN

Marion Poschmann

Aus einer geschützten Ecke heraus
läßt du den Raum entstehen.
Frag jetzt nicht, wo die Ecke herkommt,
sie war bereits da.
Du erschaffst die Stimmung von Bambuslaub,
ein enthusiastisches Zittern im Nichts.
Drei einzelne Bambusstengel, niemals
zur Gänze zu sehen, ein Teich, eine Jahreszeit:

Du läßt den Raum entstehen
samt einer geschützten Ecke, aus der heraus
du im weiteren operierst. Der Wasserspiegel
des Teiches steigt auf, Bilder von Bambusblättern
fallen durch seine Oberfläche hinein in die Tiefe.
Du hast alles richtig gemacht, ein paar Wolken
gebannt, etwas Glanz verteilt.
Du stellst einzelne Steine auf und klebst ihnen
Gesichter an, Ahnen.

Nun iß die gesalzenen Pflaumen, iß den gesamten
Schauapparat der im Tee wieder aufgegangenen
Chrysanthemen.
Fotografiere die Kinder in Blütenhaltung, ihre
Hände als Hüllblätter unter dem Kinn.
Komponiere die steinigen Massen am Eingang,
vervollständige deine Anlage mit einer Geisterwand.

Du hast den Nachmittag mit der Suche
nach schönen Gelehrtensteinen für deinen
Schreibtisch verbracht. Wirf abends
den einzig geeigneten Stein in den See,
merk dir die Stelle, wo er versinkt, und warte
ein paar hundert Jahre.

HYAZINTHEN

Theodor Storm

Fern hallt Musik; doch hier ist stille Nacht,
Mit Schlummerduft anhauchen mich die Pflanzen.
Ich habe immer, immer dein gedacht;
Ich möchte schlafen, aber du mußt tanzen.

Es hört nicht auf, es rast ohn Unterlaß;
Die Kerzen brennen und die Geigen schreien,
Es teilen und es schließen sich die Reihen,
Und alle glühen; aber du bist blaß.

Und du mußt tanzen; fremde Arme schmiegen
Sich an dein Herz; o leide nicht Gewalt!
Ich seh dein weißes Kleid vorüberfliegen
Und deine leichte, zärtliche Gestalt. --

Und süßer strömend quillt der Duft der Nacht
Und träumerischer aus dem Kelch der Pflanzen.
Ich habe immer, immer dein gedacht;
Ich möchte schlafen, aber du mußt tanzen.

DER SCHMETTERLING IST IN DIE ROSE VERLIEBT

Heinrich Heine

Der Schmetterling ist in die Rose verliebt,
Umflattert sie tausendmal,
Ihn selber aber, goldig zart,
Umflattert der liebende Sonnenstrahl.

Jedoch, in wen ist die Rose verliebt?
Das wüßt ich gar zu gern.
Ist es die singende Nachtigall?
Ist es der schweigende Abendstern?

Ich weiß nicht, in wen die Rose verliebt;
Ich aber lieb euch all:
Rose, Schmetterling, Sonnenstrahl,
Abendstern und Nachtigall.

AM VORABEND VON ROSENS GEBURTSTAG

Wilhelm Busch

Lauschend am Fenster sitzt der Poet. –
Draußen die Blumen und Pflänzchen
Halten ihr Abendkränzchen
Auf dem Gartenbeet.

Der Mond in Silberlivree,
Leise geschäftig,
Kredenzt den Tau, den Blüthenthee,
Anregend und kräftig.

Und von Kelch zu Kelche
Geht ein Geflüster:
Also morgen ist er!

Frau Ehrenpreis (Veronika)
Ja, morgen feiert sie
Ihren werthen Entsprießungstag –

Taubnessel (mit dem Hörrohr)
Hä was? Hä welche?

Frau Ehrenpreis (lauter)
– – Drüben im Garten die schöne Frau Rose – –

Taubnessel
Ah! Mit den zwei Knospen die!

Frau Ehrenpreis
– – die tadel- und dornenlose – –

Distel (für sich)
Wer's glauben mag!

Frau Ehrenpreis
– Von Duft und Glanz umwoben.

Distel
Man weiß, man weiß!
Die gute Frau Ehrenpreis
Muß immer loben.
Und doch hat unser Röschen, das feine
Allerlei kleine
Grillen und Räupchen
Unter dem zierlichen Häubchen.

Gänseblümchen
O wie reizend!

Distel
Bald steht sie da so mildiglich
Und senkt die Blätter,
Bald rüttelt, schüttelt und spreizt sie sich,
Je nach dem Wetter.

Gänseblümchen
O wie reizend!

Klatschrose
Ja reizend, das wollt ich meinen!
Drum sieht man auch häufig den Löwenzahn,
Den Rittersporn und den Baldrian
Dort wachsen und erscheinen.

Gänseblümchen
O wie reizend!

Klatschrose
Ja reizend, ganz recht!
Und dann dieser Musenknecht,
Dieser Dichter –

Distel
Der Versetrichter –

Klatschrose
– mit den langen Locken –

Distel
– mit dem Loch im Socken.

Gänseblümchen
O wie reizend!

Klatschrose
Alltäglich kläglich mit Gefühl
In ihrer Nähe
Entlockt er seinem Saitenspiel

Lieblich Getön
Und singt so schön –

Distel
– wie 'ne Mantelkrähe.

Klatschrose
Zum Beispiel, noch gestern – –

Lilie (sanft)
Geliebte Schwestern! –

Frau Ehrenpreis
Ihr Muster der Milde!
Ihr Tugendgebilde!

Lilie
Wen sollte der festliche Tag nicht rühren!
Ich denke doch – –

Levkoje, Tulpe, Päonie, Phlox usw.
Ja ja, wir alle gratulieren!!

Frau Ehrenpreis
Ein Schöngeist blüht in unsrer Mitte,
Ein hochgeschickter –
Fräulein Federnelke –

Federnelke
Oh, bitte!

Distel (für sich)
Blaustrumpf, verrückter!

Frau Ehrenpreis
– – Federnelke, die wundersame,
So lautet ihr holder botanischer Name.
Vielleicht läßt sie sich freundlich erweichen
Und schreibt und dichtet ein Billet,
Duftend, geistvoll und nett.
Das möge dann die dienende Biene,
Unsere süße geflügelte Schleckerkathrine,
Hinschwebend im frühesten Morgenwind,
Dem hohen Geburtstagskind
Ehrfurchtsvoll sumsend überreichen.

Gänseblümchen
O wie reizend!

Federnelke (schreibt und liest)
»Veredelte Rose und Nachbarin!
Nehmet dies Brieflein gnädig hin,
Sintemalen dasselbe geschrieben
Von allerlei Pflanzen, welche Euch lieben.
Verleihe der Himmel Euer Gnaden
Beständig ein sanftes Sonnenlicht
Und frischen Tau und meinetwegen
Auch hie und da ein wenig Regen,
Nur Sturmwind nicht,
Denn dieser tut der Schönheit Schaden.
Ergebenst mit Herz und Honigmund
Das Blumenkränzchen: Tugendbund.«

Gänseblümchen
O wie reizend!

Federnelke
Ich denke, es macht sich so!

Alle
Bravo bravissimo!

Mond
Noch ’n Täßchen Tee gefällig?

Levkoje
Ich trank schon drei.

Phlox
Ich fünf.

Tulpe
Ich acht.

Päonie
Mein Mieder kracht!

Alle
Gute Nacht, gute Nacht!

(Die Blumen nicken. Der Mond geht unter.
Der Poet, nachdem er noch einen Blick
in die Nacht hinaus gebohrt, schließt
leise das Fenster.)

NACHDENKLICHES LENZGEDICHT

Mascha Kaléko

Die Heckenrose greift nicht zum Kalender,
Um festzustellen, wann der Lenz beginnt.
Die Schwalben finden heim in ihre Länder,
Ihr »Reiseführer« ist der Maienwind.

Der kleinste Käfer rüstet sich im Grase
Und weiß auch ohne Weckeruhr Bescheid.
Die Frösche kommen pünktlich in Ekstase,
Und auch die Schmetterlinge sind bereit.

Im Stalle blöken neugeborne Schafe,
Und junge Entlein tummeln sich im Bach.
Die Welt erwacht aus ihrem Winterschlafe
Ganz ohne Kompaß oder Almanach.

– Ein Badehöschen flattert von der Stange.
Es riecht nach Maitrank, Bohnerwachs und Zimmt:
Die Kaffeegärten rüsten zum Empfange.
Der Lenz beginnt. – Es dauert ziemlich lange,
Bis ihn das Menschenherz zur Kenntnis nimmt
Und Blüten treibt … (Sofern das Datum stimmt.)

DIE HEIMKEHR DES VERLORENEN SOHNES

Erich Kästner

Erst wollte er bis ans Mittelmeer.
Er war schon auf halber Strecke
und stieg im Schnee und in Innsbruck umher.
Der Himmel war blau. Das gefiel ihm sehr.
Und er staunte an jeder Ecke.

Dann hatte er noch zehn Tage Zeit
und wollte nach Nizza reisen.
Er war vergnügt wie nicht gescheit
und lachte und dachte: Die Welt ist zwar weit,
doch ich werde ihr's schon beweisen!

So kam der Tag, an dem er fuhr.
Es war schon alles in Butter.
Da blickte er plötzlich erstaunt an die Uhr
und pfiff auf Nizza und die Natur
und reiste zu seiner Mutter.

Die Fahrt erschien ihm wunderbar.
Er winkte jedem Flüßchen.
Es war schon über ein volles Jahr,
daß er nicht mehr zu Hause war.
Und da schämte er sich ein bißchen.

Dann kam er an und stieg schnell aus
mit seinen Koffern und Taschen.
Er kaufte Blumen und fuhr nach Haus
und sagte versteckt hinterm Blumenstrauß:
»Ich wollte dich überraschen.«

Jetzt saß er zwar nicht in Nizza und Cannes,
doch er saß in Mutters Zimmer.
Sie schwieg und lachte dann und wann
und erzählte und brachte Kuchen an
und betrachtete ihn immer.

Zehn ganze Tage blieb er hier!
Bis zur allerletzten Minute.
Dann fuhr er fort und winkte ihr.
Sie stand verlassen auf Bahnsteig 4
und sagte gerührt: »Der Gute.«

SONNE IM AUGUST

Selma Meerbaum-Eisinger

Gleich einer Symphonie in Grün
durchpulst von Licht und Duft und Glanz
ziehn Wiesen sich und Hügel hin
erfüllt von buntem Blumentanz.

Die Wege liegen lang im Wind,
und alle Birken neigen sich.
Und wenn die Gärten verlassen sind,
dann sind sie es nur für mich.

Die Bänke stehen wartend da,
die Gräser wiegen her und hin,
und manchmal scheint der Himmel nah,
und lange Vogelschwärme ziehn.

Und alles ist tief eingetaucht
in Lächeln und in Einsamkeit.
Mit Gold ist alles angehaucht,
und eine Elster schreit.

AUS WEISSEN WOLKEN

Arno Holz

Aus weißen Wolken
baut sich ein Schloss.

Spiegelnde Seen, selige Wiesen,
singende Brunnen aus tiefstem Smaragd!

In seinen schimmernden Hallen
wohnen
die alten Götter.

Noch immer,
abends,
wenn die Sonne purpurn sinkt,
glühn seine Gärten,
vor ihren Wundern bebt mein Herz
und lange ... steh ich.

Sehnsüchtig!

Dann naht die Nacht,
die Luft verlischt,
wie zitterndes Silber blinkt das Meer,
und über die ganze Welt hin
weht ein Duft
wie von Rosen.

GEDICHT AUS NORWEGEN FÜR HELMA

Kurt Schwitters

In einem Garten blühen Lilien.
Sie blühen munter, und sie schilien
Zum Nachbargarten, ob die rote Nelke,
Die ihnen wohlgefällt, auch nicht verwelke.
Die rote Nelke nelkte mild zurück.
Der Lilien Schielien war ihr ganzes Glück.
So schiele ich, mein liebes Weib, Dir zu,
Dein mildes Nelken gibt mir Mut und Ruh.
Oh, nelke weiter, bis der Tag gekommen,
Daß ich Dich endlich in den Arm genommen. –

ANEMONEN

Therese Dahn

Sie sprießen licht aus Waldesnacht,
Ohne reichen Duft, ohne Farbenpracht,
Unter den großen, alten Bäumen,
Über das Moos wie flutend Träumen:
Wann der Wind vorüber streicht,
Neigen sie ihre Köpfchen leicht,
Aber wo die Sonne licht
Durch die Blätterkronen bricht,
Saugen sie all das goldige Scheinen
Sehnsuchtsvoll in den Kelch, den kleinen.
So blühen sie scheu, ohne Glanz und Pracht:
Die lichten Kinder der Waldesnacht.

MELODIE

Ricarda Huch

Es blüht der Mond, und duftet Liliendüfte,
Und still, ein dunkler Schmetterling der Nacht,
Schwebt meine Seele durch die bleichen Lüfte
Hin wo die Sternenblume einsam wacht.
O daß ihr silberblauer Kelch sich schlösse,
Berührt von meiner Seele samtnen Flügeln,
Damit ich leuchtend durch den Himmel flösse,
Fern von der Erde träumerischen Hügeln.

PHANTASIE

Else Lasker-Schüler

Ich schlummerte an einem Zauberbronnen
Die Nacht – und träumte einen stillen Traum –
Von Sternenglanz und Mondenblässe
Und silberhellem Wellenschaum.
Von dunkler Schönheit der Cypresse
Und von dem Glühen deiner Augensonnen.

Der Neumond kann sich nicht vom Morgen trennen –
Ich hör' ihn mit den jungen Faunen scherzen. –
Im Thale blühen heiße Purpurrosen
Und Lilien, andachtsvoll wie heil'ge Kerzen
Und sonnenfarbig, goldene Mimosen
Und Blüten, die wie meine Lippen brennen .....

ÖSTERLICHE ZUVERSICHT

Max Herrmann-Neiße

Ich warte auf das österliche Werden,
des neuen Frühlings grünes Auferstehn,
die Wiederkehr der jungen Lämmerherden,
der Liebespaare in den Parkalleen.
Schon blüht es schüchtern an geschütztem Platze,
schon schwebt der Sang der Vögel festlich hell,
sonnt mittags auf dem Fensterbrett die Katze
ihr nicht mehr winterliches, neues Fell.

So will ich mich in deinem Lächeln sonnen,
als hätte wieder sich mein Glück verjüngt,
als hätte auch für mich der Lenz begonnen,
daß uns des Tages Last erträglich dünkt.
Die Winde wehen südlichere Wärme,
darin die Welt als Liebes-Schaukel schwingt,
und aus der Straßen wieder heitrem Lärme
das Lied der großen Lust am Leben klingt.

Wir hatten fast die Weise schon vergessen
und wagten kaum noch, unbeschwert zu sein;
nun setzen wir, das Ostermahl zu essen,
uns fröhlich an den Tisch zu Lamm und Wein.
Die Primeln prangen farbig in der Vase,
auf weißer Tafel flammt der Strahlen Tanz,
und feierlich mit frischgefülltem Glase
begrüßen wir den Auferstehungsglanz.

Er darf nicht wie der Winterschnee vergehen,
sobald die Woche sich der Lust entwöhnt,
des Alltags graue Wände uns umstehen
und keine Osterglocke mehr ertönt.
Im Sinn uns bleiben soll des Lenzes Klingen,
um unsre Welt dies helle Erstlingslicht,
daß wir vereint das ganze Jahr verbringen
in österlich verklärter Zuversicht.

ZWEI LILA PRIMELN

Max Dauthendey

Zwei lila Primeln stehn auf der Fensterbank
Und blühen, als haben zwei Menschen verliebt
denselben Gedank'.
Vor den Wolken draußen, die hochgeschwungen,
Stehen die Blumenbündel dunkel gedrungen,
Als wachsen zwei Schatten wild aus zwei Töpfen,
Als platzt hier die Sehnsucht aus Blumen wie aus
zwei Köpfen.
Es stehen finster trutzig im Fensterrahmen
Die Zwei, die zu einem Gedanken kamen.

FORSYTHIEN, DIE KNALLGELB, NOCH BLATTLOS, IHR WÜRFELN

Ulrike Draesner

das knospen der bäume, was für ein april.
was für ein mageres segnen, kastanien
knospen auf autochrom, was
für ein mageres regnen, knallgelb
die forsythien, was für ein blättern,
für was –

büsche. traueraugen. an
triebe, die los. die nicht.
regen als er hernieder. wie
durch seltsamen wald ging
ich mit den seltsamen weißen
blumen, den zu kleinen füßen:
knöcheltief ein blicken, das
fehlt.

mädchenhöhe, ein
schnitt. forsythie im brust
bereich, hüpfend der pony
vor der stirn – geschnittener
schopf, der gedanke an dich
wenn du wie jetzt dort hinten
winkst, vater, in deiner rinde,
sich näherndes grün.

forsythien, die knallgelb, noch blattlos,
ihr würfeln, vorm waldrand, der kippt.
gelbe streichhölzer, sonst nichts.
touchpad stirn. klickt die lücken
des waldes an. »dich gibt es
nicht mehr für mich«, hast du gesagt.
staub auf dem autochrom. der regen. meine
füße stecken in schuhen, die drücken.
das knospen der bäume. nichts kehrt zurück.

FEIN UND TAKTVOLL HAB' ICH DICH GEFUNDEN …

Rahel Varnhagen

Fein und taktvoll hab' ich Dich
gefunden
Und so kannst Du Schlechtes
nicht ertragen
Solche Dünste werden Dir
begegnen
Dann gebrauche dieses
Fläschchen
Von den Bergen schöne Blumen
sind gesammelt und gepreßt
Klug bewahrt, zur Wehr
des Schlechten
Liebesorgsam reich' ichs
Dir
So gebrauch des doppelt
heilsam
Auf der gut und schlechten
Reise wie das Leben
alles beut
Gern verwehrt ich Dir
das Schlechte
So sieh dies Geschenkchen
an.

MAIGLÖCKCHEN

Friederike Mayröcker

die Blume *sehen nicht sehen* sehen ihren Duft dann erst
wirklich sehen die Blume, im Garten, ihre schwertlieben
Blätter, immergrün. Was für 1 Wunder was für 1 Glück 1
Engel von Duft erhebt sich aus ihrer Blüte umzittert
unsere Seele / Amen.

für Georg Kierdorf-Traut

28.1.09

DER FRÜHLING

Ludwig Tieck

Nie vergisst der Frühling wiederzukommen;
Wenn Störche ziehn, wenn Schwalben auf der Wiese sind,
Kaum ist dem Winter die Herrschaft genommen,
So erwacht und lächelt das goldene Kind.

Dann sucht er sein Spielzeug wieder zusammen,
Das der alte Winter verlegt und verstört,
Er putzt den Wald mit grünen Flammen,
Die Nachtigall er die Lieder lehrt.

Er rührt den Obstbaum mit rötlicher Hand,
Er klettert hinauf die Aprikosenwand,
Wie Schnee die Blühte noch vor dem Blatt ausdringt,
Er schüttelt froh das Köpfchen, daß ihm die Arbeit gelingt.

Dann geht er und schläft im waldigen Grund,
Und haucht den Athem aus, den süßen,
Um seinen zarten rothen Mund
Im Grase Viol' und Erdbeer sprießen.
Wie röthlich und bläulich lacht
Das Thal, wenn er erwacht!

In den verschloßnen Garten
Steigt er über's Gitter in Eil',
Mag auf den Schlüssel nicht warten,
Ihm ist keine Wand zu steil.

Er räumt den Schnee aus dem Wege,
Er schneidet das Buxbaum-Gehege,
Und feiert auch am Abend nicht,
Er schaufelt und arbeitet im Mondenlicht.

Dann ruft er: »Wo säumen die Spielkameraden,
Daß sie so lang in der Erde bleiben?
Ich habe sie alle eingeladen,
Mit ihnen die fröhliche Zeit zu vertreiben.«

Die Lilie kommt, und reicht die weißen Finger,
Die Tulpe steht mit dickem Kopfputz da,
Die Rose tritt bescheiden nah,
Aurikelchen und alle Blumen, vornehm und geringer.

Der bunte Teppich ist nun gestickt,
Die Liebe tritt aus Jasminlauben hervor.
Da danken die Menschen, da jauchzet der Vögel
ganzes Chor;
Denn alle fühlen sich beglückt.

Dann küsst der Frühling die zarten Blumenwangen,
Und scheidet, und sagt: »Ich muss nun gehn.«
Da sterben sie alle an süßem Verlangen,
Dass sie mit welken Häuptern stehn.

Der Frühling spricht: »Vollendet ist mein Thun,
Ich habe schon die Schwalben herbestellt,
Sie tragen mich in eine andre Welt,
Ich will in Indiens duftenden Gefilden ruhn.

Ich bin zu klein, das Obst zu pflücken,
Den Stock der schweren Traube zu entkleiden,
Mit der Sense das goldene Korn zu schneiden,
Dazu will ich den Herbst euch schicken.

Ich liebe das Spielen, bin nur ein Kind,
Und nicht zur ernsten Arbeit gesinnt;
Doch wenn ihr des Winters überdrüssig seid,
Dann komm‘ ich zurück zu eurer Freud!

Die Blumen, die Vögel nehm’ ich mit mir,
Wenn ihr erndtet und keltert, was sollen sie hier?
Ade! Ade! Ist die Lieber nur da,
So bleibt euch der Frühling ewiglich nah!«

AN DEN MAI

Eduard Mörike

Es ist doch im April fürwahr
Der Frühling weder halb noch gar.
Komm, Rosenbringer, süßer Mai,
Komm du herbei!
So weiß ich, was der Frühling sei.

– Wie aber? soll die erste Gartenpracht,
Narzissen, Primeln, Hyazinthen,
Die kaum die hellen Auglein aufgemacht
Schon welken und verschwinden?
Und mit euch besonders, holde Veilchen,
Wär's dann fürs ganze Jahr vorbei?
Lieber, lieber Mai,
Ach, so warte noch ein Weilchen!

WENN DU ZU DEN BLUMEN GEHST

Paul Heyse

Wenn du zu den Blumen gehst,
Pflücke die schönsten, dich zu schmücken.

Ach, wenn du in dem Gärtlein stehst,
Müßtest du dich selber pflücken.

Alle Blumen wissen ja,
Daß du hold bist ohne gleichen.
Und die Blume, die dich sah –
Farb' und Schmuck muß ihr erbleichen.

Wenn du zu den Blumen gehst,
Pflücke die schönsten, dich zu schmücken.
Ach, wenn du in dem Gärtlein stehst,
Müßtest du dich selber pflücken.

Lieblicher als Rosen sind
Küsse, die dein Mund verschwendet,
Weil der Reiz der Blumen endet,
Wo dein Liebreiz erst beginnt.

Wenn du zu den Blumen gehst,
Pflücke die schönsten, dich zu schmücken.

Ach, wenn du in dem Gärtlein stehst,
Müßtest du dich selber pflücken.

MÄDCHEN SIND UND BLUMEN GLEICH IM LIEDE …

Gertrud Kolmar

Mädchen sind und Blumen gleich im Liede,
Junge Männer, junge Adler eins.
Augen sind und Sterne gleich im Liede,
Harte Worte, scharfe Speere eins.

Frauenlachen hüpft wie Quell im Liede,
Mannes Finsternis und Fels sind eins.
Seligkeit glänzt morgengleich im Liede,
Stumpfer Jammer, dumpfe Nacht sind eins.

Schlanker Falke scheint er, den ich liebe,
Grau Gefieder und sein Kleid sind eins.
Blasser Himmel dünkt sein Blick der Liebe,
Stille Sonne und sein Lächeln, eins.

Loses, weiches Haar wächst, mir zur Liebe,
Haar und silbrig Felderwehn sind eins,
Doch die liebe Stimme, die ich liebe,
Ist sein eigen: ihr vergleicht sich keins.

BLUMENGRUSS

Johann Wolfgang von Goethe

Der Strauß, den ich gepflücket,
Grüße dich viel tausendmal!
Ich habe mich oft gebücket,
Ach wohl ein tausendmal,
Und ihn ans Herz gedrücket
Wie hunderttausendmal!

DAS MOHNFELD

Gustav Falke

Es war einmal, ich weiß nicht wann
und weiß nicht wo. Vielleicht ein Traum.
Ich trat aus einem schwarzen Tann
an einen stillen Wiesensaum.

Und auf der stillen Wiese stand
rings Mohn bei Mohn und unbewegt,
und war bis an den fernsten Rand
der rote Teppich hingelegt.

Und auf dem roten Teppich lag,
von tausend Blumen angeblickt,
ein schöner, müder Sommertag,
im ersten Schlummer eingenickt.

Kein Hauch. Kein Laut. Ein Vogelflug
bewegte kaum die Abendluft.
Ich sah kaum, wie der Flügel schlug,
ein schwarzer Strich im Dämmerduft.

Es war einmal, ich weiß nicht wo.
Ein Traum vielleicht. Lang ist es her.
Ich seh nur noch, und immer so,
das stille, rote Blumenmeer.

WIE DIE NELKEN DUFTIG ATMEN!

Heinrich Heine

Wie die Nelken duftig atmen!
Wie die Sterne, ein Gewimmel
Goldner Bienen, ängstlich schimmern
An dem veilchenblauen Himmel!

Aus dem Dunkel der Kastanien
Glänzt das Landhaus, weiß und lüstern,
Und ich hör die Glastür klirren
Und die liebe Stimme flüstern.

Holdes Zittern, süßes Beben,
Furchtsam zärtliches Umschlingen –
Und die jungen Rosen lauschen,
Und die Nachtigallen singen.

ROSENHYMNE

Max Herrmann-Neiße

Wieder ist das farbenfrohe Prunken
dieses Rosenhags mir Sommerlust,
daß ich längst, von Duft und Buntheit trunken,
nicht mehr traure um den Lenzverlust,
in dem Rausch der Farben und Gerüche,
in dem Sonnenspiel auf Gelb und Rot,
ganz vergesse meine frommen Flüche
auf die Welt, die immer mehr verroht,
nichts vermisse vom verlornen Leben,
sondern, diesem Blumenüberfall
ohne Widerstreben hingegeben,
Rosen sehen, atme überall,
in ein weiches Meer von Rosen sinke,
auf ihm treibe, wohlig hingestreckt,
hold betäubt in meinem Traum ertrinke,
bis ein Rosenlied mich wieder weckt,
die Seerosen wie Delphine gleiten
durch das Glück, das gläsern uns umgibt,
wo das Herz für Zeit und Ewigkeiten
sich der Rosenseele zärtlich gibt.

GEFUNDEN

Johann Wolfgang von Goethe

Ich ging im Walde
So vor mich hin,
Und nichts zu suchen,
Das war mein Sinn.

Im Schatten sah ich
Ein Blümlein stehn,
Wie Sterne leuchtend,
Wie Äuglein schön.

Ich wollt es brechen,
Da sagt' es fein:
Soll ich zum Welken
Gebrochen sein?

Ich grub's mit allen
Den Würzlein aus,
Zum Garten trug ich's
Am hübschen Haus.

Ich pflanzt' es wieder
Am stillen Ort;
Nun zweigt es immer
Und blüht so fort.

DAS ERSTE VEILCHEN

Karl Egon Ebert

Als ich das erste Veilchen erblickt,
Wie war ich von Farben und Duft entzückt!
Die Botin des Lenzes drückt' ich voll Lust
An meine schwellende, hoffende Brust.

Der Lenz ist vorüber, das Veilchen ist todt;
Rings steh'n viel Blumen blau und roth,
Ich stehe inmitten, und sehe sie kaum,
Das Veilchen erscheint mir im Frühlingstraum.

MAIGLÖCKCHEN UND DIE BLÜMELEIN

August Heinrich Hoffmann von Fallersleben

Maiglöckchen läutet in dem Tal,
das klingt so hell und fein,
so kommt zum Reigen allzumal,
ihr lieben Blümelein!

Die Blümchen, blau und gelb und weiß
Sie kommen all herbei,
Vergissmeinnicht und Ehrenpreis
und Veilchen sind dabei.

Maiglöckchen spielt zum Tanz im Nu
und alle tanzen dann.
Der Mond sieht ihnen freundlich zu,
hat seine Freude dran.

DIE HYAZINTHE

Friedrich Theodor von Vischer

Ich grüße dich, du wunderbarer Duft,
Der sich in diesen zarten Kelchen wieget,
Du Schiff, worin durch dunkelblaue Luft
Die Seel' entzückt nach fernen Ufern flieget.

Das Steuer ist ein alter, alter Traum
Von andern Zeiten, himmelschönen Auen,
Gold ist der königlichen Ströme Schaum
Und hohe, schlanke Palmen sind zu schauen.

Die Lotosblume schwimmt auf blauer Flut,
Die Welle scheint mit holder Scham zu fragen,
Welch Wunder ihr im keuschen Schoße ruht?
Doch nur die Kinder wissen es zu sagen.

ES WERDE

Fred Endrikat

Der Fink probiert sein Osterlied
und läßt die ersten Triller steigen.
Es atmet in den kahlen Zweigen,
wie wenn ein langer Schlaf entflieht.

Am Wiesenhang der Krokus blüht,
der erste zarte Fühlingsbote,
wie bunte Lichtlein, rosarote,
aus welkem Gras hervorgesprüht.

Die Pflugschar ihre Furchen zieht.
Es weht ein Duft von frischer Erde.
Gott sprach sein schönstes Wort: »Es werde.«
Das größte Wunderwerk geschieht.

SPANISCHE WAND

Friederike Mayröcker

azur blaues Herz einer wilden
Blume im Winter Garten (Frottier
Landschaft) Thymian Telepathie Reste
von Schnee auf den Dächern Krähen Vögel
im grauen Himmel die Dämmerungen im
Fenster wie die Schulter des Bergs
leuchtet am Horizont man sieht recht sehr
das Glöckchen im 1.Akt, wurde wie
gewöhnlich wiederhollet im 2.Akt das
knaben Terzett, was mich am meisten
freuet der Stille beifall! so Mozart
an Constanze Rätselwerk einer Seele etc.
nämlich die heimlichen weisz flammenden
Schlehenblüten 1 biszchen Huflattich und
Föhrenwald . . irgend welche Lyrismen

17.1.06

ZWEIKLANG

Christine Langer

Ein Tropfen auf einem Blütenblatt
Ich betrachte ihn bis er fällt
Und vergeht auf der Erde

Der Tropfen im Gedächtnis
Und die Farbe des Blattes
Die durchschien – ich denke

An deine Hände wie es ist
Sie zu erfühlen wie es ist
Über deine Haut zu streichen

Was du sagst wenn deine Worte
Sich losreißen wenn sie sich lösen
Aus ihrer Halterung: deine Stimme

Wird sie tragen zu mir, ich will sie hören
Will sie dir mit eigenen Worten
Wiedergeben will dir mehr geben

Als Worte ich sage keine Definition
Aber was steht zwischen Augenblick
Und Regung was bedeutet Blüte, Blatt, Wurzel

PALAST DES FRÜHLINGS

Johann Gottfried Herder

Spanisch

Alle Töchter der Aurora,
Alle Blumen in dem Garten,
Standen hoffend, standen wartend
Auf die königliche Rose.

Und da ging sie majestätisch
Auf, auf ihrem grünen Throne.
Rings um ihren Königspurpur
Stand der Dornen scharfe Wache.

Und sie blickte liebreich nieder,
Sie gebildet von der Liebe,
Und die Blumen alle neigend
Grüßen sie mit stummer Ehrfurcht.

Die bewundert ihre Schönheit,
Jene liebet ihre Güte,
Diese buhlt um ihre Gnade,
Hundert neiden ihre Reize.

Und der Amor ihrer aller,
Der sie alle liebgewinnet,
Allen ihre Süße raubet,
Und nur mit dem Stachel lohnet,

Summend kam die freche Biene,
Lüstend auch nach ihrem Busen;
Doch Ein Blick verjagt den Räuber,
Und verschloss den keuschen Busen.

Und die Nelken stehen neidig,
(Prinzessinnen von Geblüte.)
Die Jasmine, deren weiße
Frische selbst die Venus heuchelt,

Die Narzisse bei der Quelle,
Die nur sie, nicht sich mehr siehet;
Und die Lilie der Unschuld,
Schmachtend in der Liebe Tränen.

Hyazinthen, Anemonen,
Und die Damen ihres Hofes
Spröde Tulpen, die nicht duften,
Aber prangen und stolzieren –

Alle stehen, alle warten,
Welche Freundin sie erwähle?
Und sie wählt das stille Veilchen,
Aller Blumen Erstgeborne,

Das im Grase sich verhüllet,
Und schon, eh es da ist, duftet,
Duftet frühe Lenzerquickung,
Und die Hoffnung aller Schwestern.

Alsobald im Lorbeerwalde
Ihres Königsparadieses
Fangen jauchzend vor Entzückung
Nachtigallen an zu schlagen;

Und so oft im grünen Frühling
Dieser Palast wiederkehret,
Singen Schäferin und Schäfer
Nur das Veilchen und die Rose.

FÜR VIELE

Christian Morgenstern

Wieviel Schönheit ist auf Erden
unscheinbar verstreut;
möcht ich immer mehr des inne werden.
Wieviel Schönheit, die den Taglärm scheut,
in bescheidnen alt und jungen Herzen!
Ist es auch ein Duft von Blumen nur,
macht es holder doch der Erde Flur,
wie ein Lächeln unter vielen Schmerzen.

DURCHEINANDER

Joseph von Eichendorff

Spatzen schrein und Nachtigallen,
Nelke glüht und Distel sticht,
Rose schön durch Nesseln bricht,
Besser noch hat mir gefallen
Liebchens spielendes Augenlicht;
Aber fehlte auch nur eins von allen,
's wär eben der närrische Frühling nicht.

NÄHE

Ludwig Uhland

Ich tret' in deinen Garten;
Wo, Süße, weilst du heut?
Nur Schmetterlinge flattern
Durch diese Einsamkeit.

Doch wie in bunter Fülle
Hier deine Beete stehn!
Und mit den Blumendüften
Die Weste mich umwehn!

Ich fühle dich mir nahe,
Die Einsamkeit belebt;
Wie über seinen Welten
Der Unsichtbare schwebt.

DER SCHATTEN

Georg Trakl

Da ich heut morgen im Garten saß –
Die Bäume standen in blauer Blüh,
Voll Drosselruf und Tirili –
Sah ich meinen Schatten im Gras,

Gewaltig verzerrt, ein wunderlich Tier,
Das lag wie ein böser Traum vor mir.

Und ich ging und zitterte sehr,
Indes ein Brunnen ins Blaue sang
Und purpurn eine Knospe sprang
Und das Tier ging nebenher.

MÄRZVEILCHEN

Kathinka Zitz

Im März dieses Jahres da ist über Nacht
Ein herrliches Veilchen zum Leben erwacht,
Verbreitet den Balsam all' Enden und Orten,
Ganz Deutschland das ist bald berauscht davon worden.

Das Veilchen heißt Freiheit, die lang unterdrückt,
Sich schüchtern ins Gras unter Blätter gebückt,
Die oft von gewaltigen Füßen getreten,
Nicht wagte zu handeln, nicht wagte zu reden.

Doch als nun die Blume die Knospe gesprengt,
Als sie sich voll Leben zur Sonne gedrängt,
Wie sind da die Düfte im Länderdurchwallen,
Den fürstlichen Herrn auf die Nerven gefallen.

Wie sprachen sie freundlich zum Volk: »Hab' Geduld,
Wir zahlen dir nächstens die säumige Schuld.
Wir wollen dich huldvoll mit Rechten begaben,
Und was du verlangst, das sollst du auch haben.«

Schon reckt die Gewalt wieder kecklich das Ohr,
Wir tragen die Lasten noch jetzt wie zuvor,
Und was wir als Vorspiel einstweilen bekommen,
Das hat man in Baden zurück schon genommen.

Dort nahm man dem Volke die Waffen gleich ab,
Die man ihm als Spielwerk zu Händen erst gab;
Dort sitzen die Männer gefangen in Zellen,
Die's wagten den Wortpfeil vom Bogen zu schnellen.

Kaum sind seit dem Umsturz zwei Monden vorbei,
Schon kränkelt das Veilchen, wir haben erst Mai.
Wie ist's zu erhalten in künftigen Tagen?
Es kann wohl die fürstliche Sonn' nicht vertragen.

Wir haben die günstige Stunde versäumt,
Drum heißt's nun: »Sie haben von Freiheit geträumt.
Wir schicken die Unseren zum Parlamente,
Die machen dem Treiben ein baldiges Ende.«

Hab Acht, o mein Volk, sei beständig auf Hut;
Laß ein dir nicht schüchtern den männlichen Muth.
Soll's Veilchen dir fröhlich und frisch wieder sprießen,
So mußt du es mit deinem Herzblut begießen.

IM FRÜHLING

Ada Christen

Soll ich Euch singen das alte Lied
Von Jugend, Frühling und Rosen?
Soll ich Euch schildern mit süßem Wort
Das Sprießen, Knospen und Kosen?
Ihr höret, sehet und fühlt es nicht,
Wenn Dichter auch rührend leiern,
Daß wieder einmal die Wiese grünt,
Die Winterstürme nun feiern.
Als Gottesfriede und Frühlingsluft
Durch alle Welten gezogen,
Habt Ihr, wie am schmutzigsten Wintertag,
Geschachert doch nur und betrogen!

DER GOTT DES MORGENS

Hugo Ball

Die Vögel und Veigel sitzen auf Simsen und Dächern des Himmels
Schlafend in goldenen Träumen.

Der Morgen erwacht und schreitet aus grünlichen Toren, von Schaum gebaut.
An seine Brust anklammert sich ein verfrühtes Mövenpaar
Mit klatschenden Schwingen.

Er schreitet dahin, der Gott. Sein Kleid ist ein enganliegend Geflecht
Aus Kelchen tautriefender Rosen. Des Meeres Tosen hängt ihm vom Haupte
Herab im Lockengewühl, im Lockengefäll.

Korallentand und Schneckengehäuse sind sein klingelnder Kopfaufputz.
Lachende Riffe sind seiner Zähne weißblinkende Reihen.
Auf der Oboe aus Pappelholz lockt er die Sonne herauf.

Die Hände breitet er aus nach den neugebornen Unendlichkeiten.
Er schmettert den Stab auf das Felsengelände
Und rosane Brände werfen aufbrausend Entzündung weit in die Ferne.

Die Fenster und die Fassaden der Wolkengebäude
stehen in Flammen.
Die Länder und Städte der Menschen schlafen noch
wie vergessenes Spielzeug.
Über die Ebene schürfet des Gottes Schuh auf
rollendem Perlengestein.

Wolken und Wellen, Weiden und Winde singen sein
Lied ihm nach.
Die Hyazinthen der Gärten niesen sich wach und
schau'n ihm verwundert ins Auge.
Die Gräser recken die grünen Schwerter und fechten
ein nasses Getümmel.

Ungeduldig tanzet der Gott. Ihm ists nicht genug,
daß die Erde
Dem Tag ihn entgegenträgt gleich einer Lustfregatte.
Auf dem Verdeck des segelnden Schiffes noch stürmt
er dahin, der Gott,

Lachend und jauchzend, rufend und weckend, die
Syrinx blasend
Mit hellem Getön.

SOMMER

Gertrud Kolmar

Dich hab' ich unterm Mond geträumt.

Denn die ich liebte, waren hell:
Aus Weizensaat, aus Pumafell
Weht' Silber ihren Haaren.
Du saßest in Lupinenau,
Der Kerzen Gelb, der Tropfen Blau,
Mit deinen stillen Augen.

Du schienst ein hagrer roter Mann.

Dein Adlerkopf war schwarz bemähnt
Und starr, wie lang sich Locke strähnt
In westlicher Savanne.
Und Mittag war, und hohes Licht
Schuf edles Erz in dein Gesicht:
Ein Kupfer, tiefes Glimmen.

Zwei schwarze Hähne standen dir

– Doch grünmetallischen Geblinks –
Der eine rechts, der andre links,
Mit stolzen Sichelschweifen.
Das Maiskorn trug mir bloße Hand;
Ich säte schüchtern, ungewandt.
Die scharfen Schnäbel pickten.

Du rücktest nicht, du hobst den Blick

Und hieltest ihn ob einer Welt,
Drin Staubweg und Lupinenfeld,
Auf meinen warmen Nacken.
Da flog ich in dein Mähnennest
Mit meinem Mund und krallt' mich fest
Und konnte nicht mehr singen.

MIT EINER HYAZINTHE

Johann Wolfgang von Goethe

Aus dem Zaubertal dortnieden
Das der Regen still umtrübt,
Aus dem Taumel der Gewässer,
Sendet Blume Gruß und Frieden,
Der dich immer treu und besser
Als du glauben magst geliebt.

Diese Blume die ich pflücke
Neben mir vom Tau genährt
Läßt die Mutter still zurücke
Die sich in sich selbst vermehrt.
Lang entblättert und verborgen
Mit den Kindern an der Brust,
Wird am neuen Frühlingsmorgen
Vielfach sie des Gärtners Lust.

MARGUERITE

Christian Morgenstern

Du standst vor einem Blumenglas am Fenster
und legtest deine Hand
mit einer schönen
unendlich gütigen Bewegung
um eine Marguerite,
ihr von unten her
den Blätterkreis mit der
gekrümmten Hand
verengend
und sie mit einem Seufzer –
mir wenigstens erschien es so –
und voller Liebe anblickend,
daß ich empfand,
daß zwischen dir und jener Blume sich
Geheimnis stiller Zwiesprache
verberge. –
Und wie ich heute selbst
das gleiche Spiel,
mein selber lächelnd, treibe
und »mit Schmerzen« ende, –
lächle ich nicht mehr –
und denke jenes Abends an dem Fenster
und jener traurig-gütigen Gebärde.

BEI DEN SOMMERBEETEN

Max Herrmann-Neiße

Als wir zu den bunten Beeten kamen,
duftete es heimatlich vertraut.
Allen Blumen gabst du zärtlich Namen
und mit ihnen blühtest du als Braut,
wieder allem Sommerglück versprochen,
das die Erde ewig jung bewahrt.
Stets aufs neue bist du aufgebrochen
hoffnungsvoll zu frischer Lebensfahrt.

Inniger die Farben sich vermählten,
blau und rosa lag der Kranz im Gras.
Malven ihre Märchen dir erzählten,
weil dein Lächeln ihr Vertraun besaß.
Nahmst mich mit in deine Feenreiche;
wo du warst, verschönte sich die Zier,
und die Wasserlilien im Teiche
schlugen ihre Augen auf zu dir.

Nie gelingt es mir, dich zu beschenken,
daß die Freude dich berauscht wie Wein:
mag ich noch so Schönes mir erdenken,
schließlich ist sein Wert vor dir zu klein,
denn du bist verwöhnt mit jedem Wunder
der Natur, als ihr geliebtes Kind,
dem die Menschenwerke Trug und Plunder
und bedauernswerter Aufwand sind.

Meiner Verse Glanz auch muß verblassen
vor der Beete bunterem Gedicht;
wirst mich nur aus Mitleid nicht verlassen.
Ärmlich steh' ich und beschämt im Licht,
das euch Blühende als seinesgleichen
in des Sommers großen Reigen bringt.
Aber meine Liebe wird nicht weichen,
die dir Hymnen auch im Schweigen singt.

AM LEUCHTENDEN SOMMERMORGEN

Heinrich Heine

Am leuchtenden Sommermorgen
Geh ich im Garten herum.
Es flüstern und sprechen die Blumen,
Ich aber, ich wandle stumm.

Es flüstern und sprechen die Blumen,
Und schaun mitleidig mich an:
Sei unserer Schwester nicht böse,
Du trauriger, blasser Mann!

NACHTVIOLE

August Heinrich Hoffmann von Fallersleben

So auch mußt du mir gefallen
Ohne lichten Farbenschein!
Bist die schönste doch von allen,
Bleibst mein Liebchen doch allein!

Und ich knie, es dir zu sagen,
Abends nieder in den Sand;
Und mir wird auf tausend Fragen
Eine Antwort nur bekannt.

Was als Farb und Licht mich freute,
sang ich laut durch Wald und Luft;
Was ich sang, ertönt noch heute,
Zaubrisch lehrt es mich dein Duft.

AM FENSTER EINES WIRTSHAUSES AM STEINHUDER MEER

Wolfgang Borchert

Auf dem Nachhausewege 1945

Die Apfelblüten tun sich langsam zu
beim Abendvers der süßen Vogelkehle.
Die Frösche sammeln sich am Fuß des Stegs.
Die Biene summt den Tag zur Ruh –
nur meine Seele
ist noch unterwegs.

Die Straße sehnt sich nach der nahen Stadt,
wo in der Nacht das Leben weiterglimmt,
weil hier noch Herzen schlagen.
Wer jetzt noch kein Zuhause hat,
wenn ihn die Nacht gefangen nimmt,
der muß noch lange fragen:

Warum die Blumen leidlos sind –
warum die Vögel niemals weinen –
und ob der Mond wohl auch so müde ist –

Und dann erbarmt sich leis ein Wind des einen,
bis er – im Schlaf – die Welt vergißt.

HIBISKUS

Sabine Schiffner

ich möchte wach sein aber
du musst schlafen
du hörst heut abend tango sagst das
wäre die musik nach der dir ist und mich
verlangt es mehr nach stille
und als wir tanzen wollen
trittst du mir immer wieder auf die füße
du schwärmst von duftend und
weißblühendem jasmin
ich hör die mutter klagen über ihn
ich stecke mir hibiskus an
du hasst dies blumen brechen
wo es doch blumen gibt aus plastik und
aus seide
ich les ein buch und du
schlägst deines zu
du sagst das rot auf deinen lippen
steht dir nicht ich geh und wisch es fort
ich zieh ein leichtes weiß über und seh dir an
du denkst mir würde schwarz viel besser stehn
doch du sagst nichts der tag ist lang
beklommen vergehen die stunden

den hibiskus tu
bitte in den müll sagst du
die blüten machen mich allergisch
vor allem in geschlossenen räumen
du legst dich ins bett du brauchst deine ruh
ich bin ganz wach und du beginnst zu träumen

WEGWARTE

Isolde Kurz

Mit nackten Füßchen am Wegesrand,
Die Augen still ins Weite gewandt,
Saht ihr bei Ginster und Heide
Das Mädchen im blauen Kleide?

– Das Glück kommt nicht in mein armes Haus,
Drum stell, ich mich hier an den Weg heraus;
Und kommt es zu Pferde, zu Fuße,
Ich tret' ihm entgegen mit Gruße.

Es ziehen der Wanderer mancherlei
Zu Pferd, zu Fuß, zu Wagen vorbei.
– Habt ihr das Glück nicht gesehen?
Die lassen sie lachend stehen.

Der Weg wird stille, der Weg wird leer.
– so kommt denn heute das Glück nicht mehr?
Die Sonne geht rötlich nieder,
Ihr starren im Wind die Glieder.

Der Regen klatscht ihr ins Angesicht,
Sie steht noch immer, sie merkt es nicht:
– Vielleicht es ist schon gekommen,
Hat die andere Straße genommen.

Die Füßchen wurzeln am Boden ein,
Zu Blumen wurde der Augen Schein,
Sie fühlts und fühlts wie im Traume,
Sie wartet am Wegessaume.

AUF FLÜGELN DES GESANGES

Heinrich Heine

Auf Flügeln des Gesanges,
Herzliebchen, trag ich dich fort,
Fort nach den Fluren des Ganges,
Dort weiß ich den schönsten Ort.

Dort liegt ein rotblühender Garten
Im stillen Mondenschein;
Die Lotosblumen erwarten
Ihr trautes Schwesterlein.

Die Veilchen kichern und kosen,
Und schaun nach den Sternen empor;
Heimlich erzählen die Rosen
Sich duftende Märchen ins Ohr.

Es hüpfen herbei und lauschen
Die frommen, klugen Gazelln;
Und in der Ferne rauschen
Des heiligen Stromes Welln.

Dort wollen wir niedersinken
Unter dem Palmenbaum,
Und Liebe und Ruhe trinken,
Und träumen seligen Traum.

MARIE AUF DER WIESE

Johannes Trojan

Marie auf der Wiese,
Auf der Wiese Marie,
Alle Gräser und Blumen
Sind größer als sie.

Mir wird schon ganz bang,
Weil ich nirgends sie seh',
Ich hab sie verloren,
Verloren im Klee.

Zwischen Sternblumen weiß
Und den Glocken so blau
Und den gold'nen Ranunkeln,
Ei was ich da schau!

Das ist keine Sternblum',
Ein Köpfchen ist das,
Ich hab sie gefunden,
Gefunden im Gras.

AN DIE TULPE

August von Platen

Mögen denn der Rose Blätter
Süßen Duft verbreitend sein,
O so gaben dir die Götter
Doch den Farbenglanz allein.
Und des Regenbogens sieben
Farben sind in dir zerstreut,
Und wir sehen, was wir lieben,
An dir zu derselben Zeit.

Flora, als sie mit dem Stabe
   Dein Gebild dem Sein geweiht,
Gab sie dir des Duftes Gabe
   Mit dem farbenhellen Kleid.
Aber trauriger Gebärde
   Standen alle Blumen da,
Als, von dir geziert, die Erde
   Deines Glanzes Zauber sah.

Und mit deinem neuen Lose
   Unzufrieden und betrübt,
Sagte Floren nun die Rose,
   Die sie stets zuerst geliebt:
»Wenn die Tulpe, so gestaltet,
   Wie wir itzt sie vor uns sehn,
Unter uns, die Stolze, waltet,
   Müßten wir vor ihr vergehn.

Jeder ihrer tausend Reize
   Jedes Aug bezaubern muß.
Uns begabtest du mit Geize,
   Aber sie mit Überfluß.«
Flora kam, um auszusaugen
   Deinen Blättern ihren Duft:
»Du«, sie sagt's, »erfreust die Augen,
   Sie erfreun die trunkne Luft.«

ORGIE

Else Lasker-Schüler

Der Abend küsste geheimnisvoll
Die knospenden Oleander.
Wir spielten und bauten Tempel Apoll
Und taumelten sehnsuchtsübervoll
Ineinander.
Und der Nachthimmel goss seinen schwarzen Duft
In die schwellenden Wellen der brütenden Luft,
Und Jahrhunderte sanken
Und reckten sich
Und reihten sich wieder golden empor
Zu sternenverschmiedeten Ranken.
Wir spielten mit dem glücklichsten Glück,
Mit den Früchten des Paradiesmai,
Und im wilden Gold Deines wirren Haars
Sang meine tiefe Sehnsucht
Geschrei,
Wie ein schwarzer Urwaldvogel.
Und junge Himmel fielen herab,
Unersehnbare, wildsüsse Düfte;
Wir rissen uns die Hüllen ab
Und schrieen!

Berauscht vom Most der Lüfte.
Ich knüpfte mich an Dein Leben an,
Bis dass es ganz in ihm zerrann,
Und immer wieder Gestalt nahm
Und immer wieder zerrann.
Und unsere Liebe jauchzte Gesang,
Zwei wilde Symphonieen!

DAS PARADIES

Detlev von Liliencron

»So viel Vöglein als da fliegen
So da hin und wieder fliegen.«

In meinem Fenster lag ich um vier Uhr,
Glock vier an einem Himmelssommermorgen.
Der breite braune Graben, der das Schloß
Umringt und schützt vor jedem Überfall,
Gähnt unter mir, erwacht aus Nacht und Nebel.
Schon blitzen über seine Fläche fort
Die blanken schlanken Schwalben; und Libellen
Ruhn ihre zitternden Flügel aus im Schilf.
Weit aus dem Park klingt gülio giliaio
Des Pirols Ruf in hohen Gartenbäumen;
Wie gelb und schwarze Bälle gaukelt er.
Mir gegenüber, dicht am Wasserrand,
Biegt sich, umtanzt von weißen Schmetterlingen,
Von Lilalocken völlig überbürdet,
Mit seinen Blüten ein Syringenbusch:
Kommt, kommt, und pflückt mich doch! Kommt keiner her,
Um meiner Liebe Prangen zu bewundern?

Nicht fern davon steht eine Enakseiche,
Die ihre jung grüngoldigen Blätter sträubt.
Und zwischen Eiche und Syringenbusch
Erscheint gemach, aus tiefen Schatten patschend,

Ein Löwenpaar. Ein Zicklein »weiß wie Schnee«
Umspringt es wie ein Hund, der seinen Herrn
Nach langer Trennung endlich wieder sah.
Die beiden Löwen legen sich ins Gras,
Wo der Syringenbusch sein Pfingstfest feiert.
Das gelbe Fell, die dunkle Zottelmähne
Sind überwölbt vom Lilablütenrausch.
Ein Fleck von kleinen brennend roten Blumen
Lauscht zu mir her aus einem Wiesenstück.
Es ist ganz still. Die Sonne schwitzt und schweigt.
Die Vögel, »so da hin und wieder fliegen,«
Machen im Fluge nur ein zart Geräusch,
Wenn sie bei meinem Ohr vorüberschießen.
Wo bin ich denn? Ach so: Im Paradies.

Fünf Stunden später, und im Park wirds laut:
Prinzeßchen Gabriele geht spazieren.
Sie ist vier Jahre alt. Begleitet ist sie
Von einer Hofdame und einer Bonne;
Ein greiser Kammerdiener folgt von weitem.
Wie Reynolds sie und Gainsborough gemalt,
Ich kann nicht besseren Vergleich hier geben,
So schaut sie aus, so unschuldvoll und reizend.
Sie plappert bald französisch, englisch bald,
Antwortet deutsch, antwortet dänisch auch,
Und leuchtet dann mit ihren frischen Bäckchen
Durch die Alleen fort, durch Buchs und Eiben.
Und Gott der Herr sieht lächelnd auf sie nieder
Und küßt sie auf die kinderholde Stirn.

Neulich fuhr sie zum erstenmal ins Leben
Und kam dabei durch eine kleine Stadt.
Da war in einem Biergarten viel Lärm:
Geschart auf Bänken, die sich fast verwachsen,
Sitzt, eng gedrängt, All-Alles durcheinander:
Weiber und Männer, die zu viel getrunken
Und nun mit wildestem Gejohle jubeln,
Skatmenschen, denen aus den dicken Knöcheln
Das Blut schier rinnt vom harten Tischaufschlagen,
Dampfende Mädchen, die vom Tanzsaal kommen,
Wo ein entsetzliches Klavier berserkert.
Ein Klub erscheint, der Klub »Klein Veilchen du«:
Voran ein Mann mit langem grauem Bart,
Der würdevoll in seinem schwarzen Gürtel,
Mit finstrer Augenbrau', geschwellter Brust,
Ein Banner hochhehr trägt: Klein Veilchen du.

Die Quasten halten ernste Jünglinge.
Jetzt stimmt der Sängerchor des lieben Klubs
Gesang an: »Wenn die Eichenwälder rauschen.«
Gelächter, Raufen, Saufen, Kreischen, Gröhlen –
Da fährt der Wagen mit Prinzeß vorbei.
Sie sieht mit großen, staunend großen Augen
Den Wirrwarr an. Er scheint ihr zu gefallen.
Sie klatscht in ihre Händchen und ruft selig:
Le grand jardin, oh, c'est le paradis!

BARFUSS

Christine Langer

Barfuß im Gras barfuß gehen stehen gehen barfuß
Gras-
Halme Lamellen Heublumen im Gras Glockenblumen
Flocken
Grünfelder Grüngewächs Klee Gras Zittergras
Rispen lauter kleine

Nesseln und Disteln barfuß gehen im Gras Halme wie
Hölzer
Streichhölzer die sich entzünden lichterloh Halme wie
Heu
Lichthöfe in grün Sommerwurz Habichtskraut
Hahnenfuß

Wie es wuchert stehen und gehen im Gras im
zitternden Honiggras
Spitzwegerich Wiesenschaumkraut Bärenklau barfuß
Über Weidenröschen Wiesensalbei Nelkenwurz

Und Schafgarbe und Steinklee und blaßrosa und gelb
Kleine Lichthöfe Leuchthöfe und eine Spur von blau
Eine Spur am Himmel Federwolken Blüten im Gras

Im Gras

VEILCHEN

Ulrich Maske

Veilchen senden blaue Grüße
Veilchen senden kleine Küsse
In die kühle Frühlingsluft
Bleib noch bei mir, Veilchenduft

SOMMERMORGEN

Marie von Ebner-Eschenbach

Auf Bergeshöhen schneebedeckt,
Auf grünen Hügeln weitgestreckt
Erglänzt die Morgensonne;
Die tauerfrischten Zweige hebt
Der junge Buchenwald und bebt
Und bebt in Daseinswonne.

Es stürzt in ungestümer Lust
Herab aus dunkler Felsenbrust
Der Gießbach mit Getose,
Und blühend Leben weckt sein Hauch
Im stolzen Baum, im niedren Strauch,
In jedem zarten Moose.

Und drüben wo die Wiese liegt,
Im Blütenschmuck, da schwirrt und fliegt
Der Mücken Schwarm und Immen.
Wie sich's im hohen Grase regt
Und froh geschäftig sich bewegt,
Und summt mit feinen Stimmen.

Es steigt die junge Lerche frei
Empor gleich einem Jubelschrei
Im Wirbel ihrer Lieder.
Im nahen Holz der Kuckuck ruft,
Die Amsel segelt durch die Luft
Auf goldenem Gefieder.

O Welt voll Glanz und Sonnenschein,
O rastlos Werden, holdes Sein,
O höchsten Reichtums Fülle!
Und dennoch, ach – vergänglich nur
Und todgeweiht, und die Natur
Ist Schmerz in Schönheitshülle.

VATERLÄNDISCHE RITORNELLE

Kurt Tucholsky

»Wer nimmt es mit mir auf in Ritornellen?
Im Vorrat hab ich noch sechs Pferdelasten.
Wer schönere weiß als ich, der mag sich stellen.«
Ligurisch.

Du bunter Blumenstrauß!
Hier, Leser, steck die Nase in die Pflanzen,
beriech sie, und die schönsten such heraus!

Blühende Geranien!
Ihr seid so wohlfeil und ein billiger Schmuck
wie Königsthrone in dem Land Albanien.

Bescheidenes Veilchen!
Und wenn du denkst, ein neues Wahlrecht kommt –

wir sind in Preußen ... warte noch ein Weilchen!

Jelängerjelieber!
Ja, über unsern Kanzler und den Gardeflügelmann –
da geht nichts drieber.

Ihr Rosen, Tulpen und Narzissen!
Die Hitze ließ uns auf der Wiese rasten ...
Dort üben die Soldaten ... Horch, wer ruft?
»Einjähriger Rosenbaum, drei Tage Kasten!«

Du welkes Blatt!
Wenn du im trocknen Laube raschelst, muß ich denken,
daß unser Kanzler was geredet hat.

Süß duftende Banane!
Der Säugling heult. Die Misses legt ihn trocken.
Als Windel dient die Votes-for-womens-Fahne.

Vaterländisches Gartenland!
Ein fetter Humus, doch was wächst, ist ohne Reiz.
Fehlt wohl des guten Gärtners leichte Hand?
Da lohnte sich, es besser zu begießen
(mit Spucke nicht, mit Wasser!) – dann gedeihts.
Und tausendschönre Blumen werden darauf sprießen!

PFINGSTROSE

Ferdinand von Saar

Verhaucht sein stärkstes Düften
Hat rings der bunte Flor,
Und leiser in den Lüften
Erschallt der Vögel Chor.

Des Frühlings reichtes Prangen
Fast ist es schon verblüht –
Die zeitig aufgegangen,
Die Rosen sind verblüht.

Doch leuchtend will entfalten
Päonie ihre Pracht,
Von hehren Pfingstgewalten
Im tiefsten angefacht.

Gleich einer späten Liebe,
Die lang in sich geruht,
Bricht sie mit mächtgem Triebe
Jetzt aus in Purpurglut.

MEINE STRÄUSSE

Annette von Droste-Hülshoff

So oft mir ward eine liebe Stund
Unterm blauen Himmel im Freien,
Da habe ich, zu des Gedenkens Bund,
Mir Zeichen geflochten mit Treuen:
Einen schlichten Kranz, einen wilden Strauß,
Ließ drüber die Seele wallen;
Nun stehe ich einsam im stillen Haus,
Und sehe die Blätter zerfallen.

Vergißmeinnicht mit dem Rosaband –
Das waren dämmrige Tage,
Als euch entwandte der Freundin Hand
Dem Weiher drüben am Hage;
Wir schwärmten in wirrer Gefühle Flut,
In sechzehnjährigen Schmerzen;
Nun schläft sie lange. – Sie war doch gut,
Ich liebte sie recht von Herzen!

Gar weite Wege hast du gemacht,
Kamelia, staubige Schöne,
In deinem Kelche die Flöte wacht,
Trompeten und Zimbelgetöne;
Wie zitterten durch das grüne Revier
Buntfarbige Lampen und Schleier!
Da brach der zierliche Gärtner mir
Den Strauß beim bengalischen Feuer.

Dies Alpenröschen nährte mit Schnee
Ein eisgrau starrender Riese;
Und diese Tange entfischt ich der See
Aus Muschelgescherbe und Kiese;
Es war ein volles, gesegnetes Jahr,
Die Trauben hingen gleich Pfunden,
Als aus der Rebe flatterndem Haar
Ich diesen Kranz mir gewunden.

Und ihr, meine Sträuße von wildem Heid,
Mit lockerm Halme geschlungen,
O süße Sonne, o Einsamkeit,
Die uns redet mit heimischen Zungen!
Ich hab sie gepflückt an Tagen so lind,
Wenn die goldenen Käferchen spielen,
Dann fühlte ich mich meines Landes Kind,
Und die fremden Schlacken zerfielen.

Und wenn ich grüble an meinem Teich,
Im duftigen Moose gestrecket,
Wenn aus dem Spiegel mein Antlitz bleich
Mit rieselndem Schauer mich necket,
Dann lang ich sachte, sachte hinab
Und fische die träufelnden Schmelen;
Dort hängen sie, drüben am Fensterstab,
Wie arme vertrocknete Seelen.

So mochte ich still und heimlich mir
Eine Zauberhalle bereiten,
Wenn es dämmert, dort, und drüben, und hier
Von den Wänden seh ich es gleiten;
Eine Fei entschleicht der Kamelia sich,
Liebesseufzer stöhnet die Rose,
Und wie Blutes Adern umschlingen mich
Meine Wasserfäden und Moose.

ROSEN IN FREMDEN GÄRTEN

Fred Endrikat

Rote Rosen sah ich blühn
in den Parks von Millionären,
Mußte dran vorüberziehn,
weil sie mir ja nicht gehören.

Aber das ist einerlei,
kann mich weiter gar nicht stören.
Daß ich mich an ihnen freu –
dies wird mir kein Mensch verwehren.

Lang schau ich die Rosen an,
Duft und Farben mich betören.
Daß ich daran riechen kann,
wird kein Herrgott mir verwehren.

Ach, ich schätz es so gering,
wem die Rosen dort gehören,
aber daß ich sie besing –
kann kein Teufel mir verwehren.

AN EMILIE

Wilhelm Hauff

Zum Garten ging ich früh hinaus,
Ob ich vielleicht ein Sträußchen finde?
Nach manchem Blümchen schaut' ich aus,
Ich wollt's für dich zum Angebinde;
Umsonst hatt' ich mich hinbemüht,
Vergebens war mein freudig Hoffen;
Das Veilchen war schon abgeblüht,
Von andern Blümchen keines offen.

Und trauernd späht' ich her und hin,
Da tönte zu mir leise, leise,
Ein Flüstern aus der Zweige Grün,
Gesang nach sel'ger Geister Weise;
Und lieblich, wie des Morgens Licht
Des Thales Nebelhüllen scheidet,
Ein Röschen aus der Knospe bricht,
Das seine Blätter schnell verbreitet.

»Du suchst ein Blümchen?« spricht's zu mir,
»So nimm mich hin mit meinen Zweigen,
Bring mich zum Angebinde ihr,
Ich bin der wahren Freude Zeichen.
Ob auch mein Glanz vergänglich sei,
Es treibt aus ihrem treuen Schoße
Die Erde meine Knospen neu,
Drum unvergänglich ist die Rose.

Und wie mein Leben ewig quillt
Und Knosp' um Knospe sich erschließet,
Wenn mich die Sonne sanft und mild
Mit ihrem Feuerkuß begrüßet,
So deine Freundin ewig blüht,
Beseelt vom Geiste ihrer Lieben,
Denn ob der Rose Schmelz verglüht –
Der Rose Leben ist geblieben.«

VERLOREN UND GEFUNDEN

Christian Friedrich Hebbel

An dem schroffen Felsenhang
Steht die letzte Rose,
Und wir gehn das Tal entlang
Auf dem grünen Moose.

Flink hinauf und rasch gepflückt,
Um sie ihr als Zeichen,
Wie sie mir das Leben schmückt,
Still zu überreichen.

Doch, wo blieb der theure Ring,
Den zum ew'gen Bunde
Ich von ihrer Hand empfing
In der schönsten Stunde?

Ach, er hat sich abgestreift
In den Laubgewinden,
Und, wie sehr mein Auge schweift,
Er ist nicht zu finden.

Sie gesellt sich auch hinzu,
Doch mißlingt's uns beiden,
Und wir gehn betrübt zur Ruh',
Als wir endlich scheiden.

Nun die ganze Winterzeit
Ängstlich und beklommen:
Droht uns nicht ein Herzeleid?
Wird's nicht heut noch kommen?

Doch nach Regen, Sturm und Schnee
Kehrt der Frühling wieder,
Blumen sprossen aus dem Klee,
Lerchen rauschen nieder.

Wieder giebt sie durch das Thal
Oft mir das Geleite,
Doch wir spähn kein einz'ges Mal
Nach dem Ring zur Seite.

Nein! Denn längst auf immerdar
Dünkt er uns verloren,
Und den bösen Geist sogar
Glauben wir beschworen.

Aber, welch ein Tag erschien! –
Als die Lilien ranken,
Trägt sogleich die erste ihn
Um den Hals, den schlanken.

In der Erde saß er fest,
Wo die Wurzeln woben.
Und sie hat sich durchgepreßt
Um ihn mit gehoben.

Freundlich neigt sie sich im Wind,
Und ich will sie pflücken,
Doch mir wehrt mein süßes Kind,
Und ich muß mich bücken.

Sanft nun lös' ich sie heraus
Aus dem Schoß der Erde,
Und wir harren fromm zu Haus,
Wann sie welken werde.

DER ALTE GARTEN
Joseph von Eichendorff

Kaiserkron und Päonien rot,
Die müssen verzaubert sein,
Denn Vater und Mutter sind lange tot,
Was blühn sie hier so allein?

Der Springbrunnen plaudert noch immerfort
Von der alten schönen Zeit,
Eine Frau sitzt eingeschlafen dort,
Ihre Locken bedecken ihr Kleid.

Sie hat eine Laute in der Hand,
Als ob sie im Schlafe spricht,
Mir ist, als hätt ich sie sonst gekannt –
Still, geh vorbei und weck sie nicht!

Und wenn es dunkelt das Tal entlang,
Streift sie die Saiten sacht,
Da gibt's einen wunderbaren Klang
Durch den Garten die ganze Nacht.

VON MEINEM BLÜMCHEN

August Heinrich Hoffmann
von Fallersleben

Ward ein Blümchen mir geschenket,
Hab's gepflanzt und hab's getränket,
Vögel kommt und gebet acht!
Gelt, ich hab es recht gemacht.

Sonne, laß mein Blümchen sprießen,
Wolke, komm, es zu begießen!
Richt empor dein Angesicht,
Liebes Blümchen, fürcht' dich nicht.

Und ich kann es kaum erwarten,
Täglich geh ich in den Garten,
Täglich frag ich: Blümchen, sprich,
Blümchen, bist du bös auf mich?

Sonne ließ mein Blümchen sprießen,
Wolke kam, es zu begießen;
Jedes hat sich brav gemüht,
Und mein liebes Blümchen blüht.

Wie's vor lauter Freuden weinet,
Freut sich, daß die Sonne scheinet!
Schmetterlinge, fliegt herbei,
Sagt ihm doch, wie schön es sei!

HERBSTZEITLOSEN

Hilde Domin

Für uns, denen der Pfosten der Tür verbrannt ist,
an dem die Jahre der Kindheit
Zentimeter für Zentimeter
eingetragen waren.

Die wir keinen Baum
in unseren Garten pflanzten,
um den Stuhl
in seinen wachsenden Schatten zu stellen.

Die wir am Hügel niedersitzen,
als seien wir zu Hirten bestellt
der Wolkenschafe, die auf der blauen
Weide über den Ulmen dahinziehn.

Für uns, die stets unterwegs sind
– lebenslängliche Reise,
wie zwischen Planeten –
nach einem neuen Beginn.

Für uns
stehen die Herbstzeitlosen auf
in den braunen Wiesen des Sommers,
und der Wald füllt sich
mit Brombeeren und Hagebutten –

Damit wir in den Spiegel sehen
und es lernen
unser Gesicht zu lesen,
in dem die Ankunft
sich langsam entblößt.

ROSE, DU THRONENDE

Rainer Maria Rilke

Rose, du thronende, denen im Altertume
warst du ein Kelch mit einfachem Rand.
Uns aber bist du die volle zahllose Blume,
der unerschöpfliche Gegenstand.

In deinem Reichtum scheinst du wie Kleidung um Kleidung
um einen Leib aus nichts als Glanz;
aber dein einzelnes Blatt ist zugleich die Vermeidung
und die Verleugnung jedes Gewands.

Seit Jahrhunderten ruft uns dein Duft
seine süßesten Namen herüber;
plötzlich liegt er wie Ruhm in der Luft.

Dennoch, wir wissen ihn nicht zu nennen, wir raten
Und Erinnerung geht zu ihm über,
die wir von rufbaren Stunden erbaten.

EPHEU UND ALPENROSE

Theodor Fontane

Unten an der Felsenmauer,
Über Steingeröll und Moos,
Schleicht der Epheu voller Trauer,
Hoffnungsgrün, doch hoffnungslos.

Auf des schroffen Berges Spitze,
Wo die Alpenrose blüht,
Dort hinauf zum Blumensitze
Liebend es den Epheu zieht.

Doch er schleicht an Bettlerkrücken,
Ist ein Kind der Dunkelheit,
Drum verrät er ihr in Blicken
Kaum sein Weh und Herzeleid.

Denn er ahnt nicht ihr Verlangen
Abwärts in die Felsenkluft,
Bis sie mit verschämten Wangen
Leis hinunter: »Epheu« ruft.

»Epheu, komm, gar süße Minne
Berg ich dir im Herzensschrein,
Klimm hinauf zur Felsenzinne,
Komm und laß uns glücklich sein.

Wird dein Arm mich erst umschlingen
Mit der Liebe Allgewalt,
Soll's den Winden nicht gelingen.
Mich zu küssen eisigkalt.

Und dem Felsen, meinem Vater,
Dessen Stirne mich gebar
(Um für immer uns zu trennen),
Wird die Macht der Liebe klar.«

Epheu hört' es; wunderkräftig
Heilet jedes Wort sein Weh,
Und er rankt sich still geschäftig.
Fröhlich, selig in die Höh.

Stürzt der Fels ihm auch entgegen
Zürnend, donnernd sein Gestein,
Muß der Wind auch allerwegen
Erst im Kampf besieget sein;

Dennoch klimmt er mutig weiter.
Ihn umschwebt der Rose Bild,
Wie des Himmels Blau so heiter.
Wie ein Engel rein und mild.

Aber als er sie errungen.
War gebleicht ihr Wangenrot,
Und der Epheu hat umschlungen
Seine Alpenrose tot.

Hielt sie noch in seinen Armen,
Als er selbst schon eingeschneit.
Doch sie sollte nicht erwarmen
In der kalten Winterzeit.

Aber als des Frühlings Weben
Alle Schläfer aufgeschreckt.
Sind auch sie zu schönrem Leben
In der Liebe auferweckt.

WIR BEIDE

Else Lasker-Schüler

Der Abend weht Sehnen aus Blütensüße,
Und auf den Bergen brennt wie Silberdiamant der Reif,
Und Engelköpfchen gucken überm Himmelstreif,
Und wir beide sind im Paradiese.

Und uns gehört das ganze bunte Leben,
Das blaue, große Bilderbuch mit Sternen,
Mit Wolkentieren, die sich jagen in den Fernen
Und hei! die Kreiselwinde, die uns drehn und heben!

Der liebe Gott träumt seinen Kindertraum
Vom Paradies – von seinen zwei Gespielen,
Und große Blumen sehn uns an von Dornenstielen …
Die düstere Erde hing noch grün am Baum.

DER MOHN

Ludwig Uhland

Wie dort, gewiegt von Westen,
Des Mohnes Blüte glänzt!
Die Blume, die am besten
Des Traumgotts Schläfe kränzt;
Bald purpurhell, als spiele
Der Abendröthe Schein,
Bald weiß und bleich, als fiele
Des Mondes Schimmer ein.

Zur Warnung hört' ich sagen,
Daß, der im Mohne schlief,
Hinunter ward getragen
In Träume schwer und tief;
Dem Wachen selbst geblieben
Sei irren Wahnes Spur,
Die Nahen und die Lieben
Halt' er für Schemen nur.

In meiner Tage Morgen,
Da lag auch ich einmal,
Von Blumen ganz verborgen,
In einem schönen Tal.
Sie dufteten so milde!
Da ward, ich fühlt' es kaum,
Das Leben mir zum Bilde,
Das wirkliche zum Traum.

Seitdem ist mir beständig,
Als wär' es nur so recht.
Mein Bild der Welt lebendig,
Mein Traum nur wahr und ächt;
Die Schatten, die ich sehe,
Sie sind, wie Sterne, klar.
O Mohn der Dichtung! wehe
Ums Haupt mir immerdar!

KRIEG UND FRIEDEN

Detlev von Liliencron

Ich stand an eines Gartens Rand
Und schaute in ein herrlich Land,
Das, weit geländet, vor mir blüht,
Wo heiß die Erntesonne glüht.
Und Arm in Arm, es war kein Traum,
Mein Wirt und ich am Apfelbaum,
Wir lauschten einer Nachtigall,
Und Frieden, Frieden überall.
Ein Zug auf fernem Schienendamm
Kam angebraust. Wie zaubersam,
Er brachte frohe Menschen her
Und Güterspende, segenschwer.
Einst sah ich den metallnen Strang
Zerstört, zerrissen meilenlang.
Und wo ich nun in Blumen stund,
War damals wildzerwühlter Grund.

Der Sommermorgen glänzte schön
Wie heute; glitzernd von den Höhn,
»Den ganzen Tag mit Sack und Pack«,
Strömt nieder aus Verhau, Verhack
Zum kühnsten Sturm, ein weißes Meer,
Des Feindes wundervolles Heer.
Ich stützte, wie aus Erz gezeugt,
Mich auf den Säbel, vorgebeugt,

Mit weiten Augen, offnem Mund,
Als starrt' ich in den Höllenschlund.
Nun sind sie da! »Schnellfeuer!« »Steht!«
Wie hoch im Rauch die Fahne weht!
Und Mann an Mann, hinauf, hinab,
Und mancher sinkt in Graus und Grab.
Zu Boden stürz' ich, einer sticht
Und zerrt mich, ich erraff' mich nicht,
Und um mich, vor mir, unter mir
Ein furchtbar Ringen, Gall' und Gier.
Und über unserm wüsten Knaul
Bäumt sich ein scheu gewordner Gaul.
Ich seh' der Vorderhufe Blitz,
Blutfestgetrockneten Sporenritz,
Den Gurt, den angespritzten Kot,
Der aufgeblähten Nüstern Rot.
Und zwischen uns mit Klang und Kling
Platzt der Granate Eisenring:
Ein Drache brüllt, die Erde birst,
Einfällt der Weltenhimmelfirst.
Es ächzt, es stöhnt, und Schutt und Staub
Umhüllen Tod und Lorbeerlaub.

Ich stand an eines Gartens Rand
Und schaute in ein herrlich Land,
Das ausgebreitet vor mir liegt,
Vom Friedensfächer eingewiegt.
Und Arm in Arm, es ist kein Traum,
Mein Wirt und ich am Apfelbaum,
Wir lauschten einer Nachtigall,
Und Rosen, Rosen überall.

DAS VERGISSMEINNICHT

Elisabeth Kulmann

In feuchter Erde Schooße,
Im tiefsten öden Thal,
Sprieß' ich bei Westes Wehen
Und mildem Sonnenstrahl.

Das Veilchen selbst gesellet
Nie zu den Rosen sich;
Und ich erst? Selbst dem Veilchen
Nah' schüchtern nur ich mich.

Und doch verschönt mein Dasein
Der Freundschaft sanftes Licht:
Mich herzen fromme Kinder,
Vergessen meiner nicht.

OKTOBERLIED

Theodor Storm

Der Nebel steigt, es fällt das Laub;
Schenk ein den Wein, den holden!
Wir wollen uns den grauen Tag
Vergolden, ja vergolden!

Und geht es draußen noch so toll,
Unchristlich oder christlich,
Ist doch die Welt, die schöne Welt,
So gänzlich unverwüstlich!

Und wimmert auch einmal das Herz –
Stoß an und laß es klingen!
Wir wissen's doch, ein rechtes Herz
Ist gar nicht umzubringen.

Der Nebel steigt, es fällt das Laub;
Schenk ein den Wein, den holden!
Wir wollen uns den grauen Tag
Vergolden, ja vergolden!

Wohl ist es Herbst; doch warte nur,
Doch warte nur ein Weilchen!
Der Frühling kommt, der Himmel lacht,
Es steht die Welt in Veilchen.

Die blauen Tage brechen an,
Und ehe sie verfließen,
Wir wollen sie, mein wackrer Freund,
Genießen, ja genießen!

DER TULPENBAUM

Gustav Falke

Der Tulpenbaum hat über Nacht
All seine Blumen aufgemacht,
Die weißen Sterne leuchten weit
In ihrer keuschen Herrlichkeit.

Es ist, als hätts die Nacht bedacht,
Was Liebes sie dem Tag vermacht,
Damit von ihrem Märchenglanz
Ein Schimmer leb in seinem Kranz.

Er aber, überreich an Licht,
Bedarf der fremden Sterne nicht,
Und bald entblättert, schnell und sacht,
Das liebliche Geschenk der Nacht.

NACHTZAUBER

Joseph von Eichendorff

Hörst du nicht die Quellen gehen
Zwischen Stein und Blumen weit
Nach den stillen Waldesseen,
Wo die Marmorbilder stehen
In der schönen Einsamkeit?
Von den Bergen sacht hernieder,
Weckend die uralten Lieder,
Steigt die wunderbare Nacht,
Und die Gründe glänzen wieder,
Wie du's oft im Traum gedacht.

Kennst die Blume du, entsprossen
In dem mondbeglänzten Grund?
Aus der Knospe, halb erschlossen,
Junge Glieder blühend sprossen,
Weiße Arme, roter Mund,
Und die Nachtigallen schlagen,
Und rings hebt es an zu klagen,
Ach, vor Liebe todeswund,
Von versunknen schönen Tagen –
Komm', o komm' zum stillen Grund!

ROTE ROSEN

Max Dauthendey

Du hast Deine Hand noch nicht auf die Türklinke gelegt,
Als Dir durchs Türbrett der Rosen Brand schon
entgegenschlägt.
Die Rosen sind Deinem Herzen näher als manches Wort,
Sie geben ihr Glück in die Luft und halten doch
vornehm das Prahlen zurück.
Der Rose Seele will sich sanft zu Dir setzen,
Deine Augen haben und Deinem Blut von Seligkeit
schwätzen.
Wer sie vor seinen Türen in kleinen menschengroßen
Bäumen pflegt,
Dem hat sich das Glück quer über die Schwelle gelegt;
Denn die roten Rosen, die können für Dich küren,
Sie locken Dir die Liebste durch verschlossene Türen.

SOMMERGARTEN

Paul Boldt

Die Vögel sprangen von den Winden auf den Garten
Und fielen auf die hellen Rasenbeete,
Betäubt vom Duft der blühenden Stakete
Am weißen Haus mit vierzehn Rosenarten.

Die gelben Steige, die den Rasen masern,
Kommst du in Weiß, berieselt von den Winden,
Und deine Augen duften noch den Blinden –
Die warmen Blumen an den Nervenfasern.

Freude der Tropen wächst. Im blauen Raum
Zünden die Wolken, leuchtende Phantome.
Und du, in deines Blutes Aura und Arome,

Nimmst Sonne mit – in eine Liebesnacht.
Gleich goldnen Bienen hängt das Licht im Baum,
Das deinen Mund wie eine Frucht benagt.

SCHNEEGLÖCKCHEN

Georg Scheuerlin

Der Lenz will kommen, der Winter ist aus,
Schneeglöckchen läutet: »Heraus, heraus!
Heraus ihr Schläfer in Flur und Haid'.
Es ist nicht länger Schlafenszeit;
Ihr Sänger hervor aus Feld und Wald,
Die Blüthen erwachen, sie kommen bald;
Und wer noch schlummert im Winterhaus –
Zum Leben und Weben heraus, heraus!«

So läutet Schneeglöckchen durchs weite Land,
Da hören's die Schläfer allerhand;
Und es läutet fort zu Tag und Nacht,
Bis endlich allesammt aufgewacht;
Und läutet noch immer und schweigt nicht still,
Bis auch dein Herz erwachen will.

So öffne nun doch den engen Schrein,
Zeuch aus, in die junge Welt hinein!
In das große, weite Gotteshaus,
Erschwing' dich, o Seele, und fleuch hinaus,
Und halte Andacht und stimme erfreut
In das volle, süße Frühlingsgeläut!

WINTER

Arno Holz

Du lieber Frühling, wohin bist du gegangen?
Noch schlägt mein Herz, was deine Vögel sangen.
Die ganze Welt war wie ein Blumenstrauß.
Längst ist das aus!
Die ganze Welt ist jetzt, o weh,
Barfüßle im Schnee!
Die schwarzen Bäume stehn und frieren.
Im Ofen die Bratäpfel musizieren,
das Dach hängt voll Eis.
Und doch! Bald kehrst du wieder, ich weiß, ich weiß!
Bald kehrst du wieder,
oh, nur ein Weilchen,
und blaue Lieder
duften die Veilchen!

ALS DIE JUNGE ROSE BLÜHTE

Heinrich Heine

Als die junge Rose blühte
Und die Nachtigall gesungen,
Hast du mich geherzt, geküsset,
Und mit Zärtlichkeit umschlungen.

Nun der Herbst die Ros entblättert
Und die Nachtigall vertrieben,
Bist du auch davon geflogen,
Und ich bin allein geblieben.

Lang und kalt sind schon die Nächte,
Sag, wie lange wirst du säumen?
Soll ich immer mich begnügen
Nur vom alten Glück zu träumen?

AUSBLICK

Ulrich Maske

Tief im Dezember
Vor meinem Hamburger Fenster
Will eine Rose blühen
Etwas spät
Oder
Viel zu früh
Oder
Völlig verrückt?
Jedenfalls:
Ich liebe Rosen

WOHL HEUTE NOCH UND MORGEN

Schlesisches Volkslied

Wohl heute noch und morgen
Da bleibe ich bei dir,
Wenn aber kommt der dritte Tag,
So muß ich fort von hier.

»Wann kommst du aber wieder,
Herzallerliebster mein?« –
»Wenns' schneiet rote Rosen
Und regnet kühlen Wein.«

»Es schneiet keine Rosen,
Und regnet auch kein' Wein,
So kommst du auch nicht wieder,
Herzallerliebster mein.«

»Wann ich auch wiedrum käme,
Was würd es helfen dich?
Ich habe dich geliebet,
Aber heirathen thu ich dich – nicht!«

In meines Vaters Garten
Legt ich mich nieder und schlief,
Da träumet mir ein Träumelein,
Wie's schneiet über mich.

Und als ich nun erwachte,
Da war es lauter Nichts;
Es waren die rothen Röselein,
Die blühten über mich.

Ein Haus will ich mir bauen,
Ein Stock von grünem Klee,
Mit Buchsbaum ausstaffieret
Und gelber Lilie.

Und als das Haus gebauet war,
Beschert mir Gott was 'nein:
Ein Bürschchen das von achtzehn Jahr,
Das soll mein eigen sein.

ERNTEFEST
Isolde Kurz

Die Halme sind gelb und sie reifen zum Schnitt.
Ihr Mädchen, schlinget im Grün die Tänze,
Aus Blumen des Kornes windet die Kränze.
Dort steht ein Geselle, der feiert nicht mit,
Er dengelt die Sense.

Er dengelt die Sense und spricht und lacht:
Schön ist die Ernte, mich lässt sie nicht darben;
Mir reift das Korn in den herbstlichen Farben,
Und mit der Blumen rotwangiger Pracht
Verzier' ich die Garben.

HÄLFTE DES LEBENS

Friedrich Hölderlin

Mit gelben Birnen hänget
Und voll mit wilden Rosen
Das Land in den See,
Ihr holden Schwäne,
Und trunken von Küssen
Tunkt ihr das Haupt
Ins heilignüchterne Wasser.

Weh mir, wo nehm' ich, wenn
Es Winter ist, die Blumen, und wo
Den Sonnenschein,
Und Schatten der Erde?
Die Mauern stehn
Sprachlos und kalt, im Winde
Klirren die Fahnen.

ICH KANN'S NICHT FASSEN, NICHT GLAUBEN

Adelbert von Chamisso

Ich kann's nicht fassen, nicht glauben,
Es hat ein Traum mich berückt;
Wie hätt er doch unter allen
Mich Arme erhöht und beglückt?

Mir war's, er habe gesprochen:
Ich bin auf ewig dein –
Mir war's – ich träume noch immer
Es kann ja nimmer so sein.

O, laß im Traume mich sterben,
Gewieget an seiner Brust,
Den seligsten Tod mich schlürfen,
In Tränen unendlicher Lust.

GEDICHT
Wolfgang Borchert

Blume Anmut blüht so rot,
Blume Huldvoll blaut daneben.
Blume Anmut ist das Leben,
Blume Huldvoll ist der Tod.

Süß und herbe ist das Leben,
herb die Lust und süß die Not.
Blume Leben blüht so rot –
Blume Tod blüht blau daneben.

GUTEN ABEND, GUTE NACHT

Niederdeutsches Volkslied,
hochdeutsche Übertragung von Clemens Brentano,
zweite Strophe ergänzt von Georg Scherer

Guten Abend, gute Nacht,
mit Rosen bedacht,
mit Näglein besteckt,
schlupf unter die Deck'
Morgen früh, wenn Gott will,
wirst du wieder geweckt.

Guten Abend, gute Nacht,
von Englein bewacht,
die zeigen im Traum
dir Christkindleins Baum.
Schlaf nun selig und süß,
schau im Traum 's Paradies.

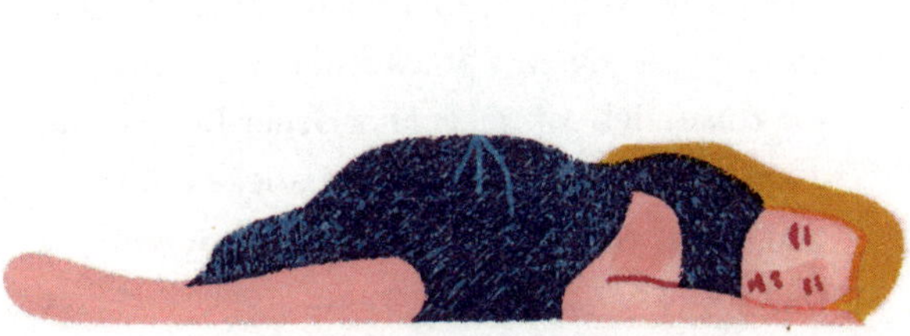

Liebe Leserin, lieber Leser,

wir laden zu einem lyrischen Spaziergang ein, der in die Welt der Blumen und Blüten führt. Je nach Tageszeit, Wetter oder Stimmungslage können die Stationen einzeln ausgesucht, kann die Route neu gewählt werden. Es gibt keine festgelegten Wegmarken oder Zäune. Die Vorlieben sind verschieden. Wie die Menschen, wie ihre Wünsche und Bedürfnisse, sind auch die Blumen überaus vielfältig. Manche lieben die pralle Sonne, andere eher ein schattiges Plätzchen. Und einige Schönheiten findet man unvermutet an versteckten Orten oder zufällig am Wegesrand. Beim Flanieren über sonnige Lichtungen und wogende Wiesen, durch prächtige Gärten und schillernde Oasen können Blicke und Gedanken schweifen. Können fast vergessene Arten neu entdeckt, alte Bekannte wiedergetroffen werden.
Der Formen- und Farbenreichtum der Blumen spricht eine eigene Sprache, die in der Literatur zusätzlich mit metaphorischer Bedeutung angereichert wird. Strahlen manche Anmut, Schönheit oder Stolz aus, erwecken andere Liebe und Sehnsüchte, weitere stehen für Frieden, Hoffnung und Freiheit oder vermitteln Trost und Geborgenheit. So wird mit Blumen häufig mehr erzählt als auf den ersten Blick ersichtlich. In ihnen eröffnet sich ein Dialog

zwischen Natur und Kultur, Ästhetik und Wissen. Dieser Ausflug zu lyrischen Gärten und Wiesen, auf Balkone und in Zimmerdschungel lässt die Blumen sprechen, ihre volle Pracht entfalten, geheime Botschaften verstecken, die Sinne und Fantasie anregen. »Blumen sind die Augen, mit denen uns die Natur anschaut« sagte Novalis. Andersherum eröffnen die hier versammelten Gedichte uns eine besondere Perspektive. Die Blumen sind das lyrische Motiv, das unterschiedlichste Zeiten, Interessen, Stile und Epochen wie Romantik, Klassik, Gebrauchslyrik, Expressionismus, Exil- und Gegenwartsliteratur miteinander verbindet. Daher stehen Texte von Marie von Ebner-Eschenbach, Rose Ausländer, Selma Meerbaum-Eisinger, Hilde Domin, Mascha Kaléko, Ulrike Draesner und Marion Poschmann neben denen von Heinrich Heine, Fred Endrikat, Hugo Ball, Joachim Ringelnatz, Kurt Schwitters, Rainer Maria Rilke und vielen mehr, geeint in ihrer literarischen Würdigung der Blumen. Leben wir für das Miteinander, für die Vielfalt der Menschen, der Blumen und der Lyrik.

Viel Freude mit diesem Band wünschen
Carla Swiderski und Ulrich Maske

Autor*innen

Ausländer, Rose
*11.05.1901 Czernowitz, Österreich-Ungarn
†03.01.1988 Düsseldorf

Ball, Hugo
*22.02.1886 Pirmasens
+14.09.1927 Sant'Abbondio-Gentilino, Schweiz

Boldt, Paul
*31.12.1885 Christfelde, Westpreußen
†16.03.1921 Freiburg im Breisgau

Borchert, Wolfgang
*20.05.1921 Hamburg
†20.11.1947 Basel

Brentano, Clemens
*09.09.1778 Ehrenbreitstein
†28.07.1842 Aschaffenburg

Busch, Wilhelm
*15.04.1832 Wiedensahl
† 09.01.1908 Mechtshausen

von Chamisso, Adelbert
*30.01.1781 Châlons-en-Champagne, Frankreich
†21.08.1838 in Berlin

Christen, Ada
*06.03.1839 Wien
†19.05.1901 Inzersdorf bei Wien

Dahn, Therese
*28.05.1845 Münster
†21.01.1929 Breslau

Dauthendey, Max
*25.07.1867 Würzburg
†29.08.1918 Malang, Indonesien

Detering, Heinrich
*01.11.1959 Neumünster

Domin, Hilde
*27.07.1909 Köln
†22.02.2006 Heidelberg

Draesner, Ulrike
*20.01.1962 München

von Droste-Hülshoff, Annette
*12.01.1797 Münster
†24.05.1848 Meersburg

Ebert, Karl Egon
*05.06.1801 Prag
†24.10.1882 Smichow bei Prag

von Ebner-Eschenbach, Marie
*13.09.1830 Kremsier, Mähren
†12.03.1916 Wien

von Eichendorff, Joseph
*10.03.1788 Ratibor, Schlesien
†26.11.1857 Neiße, Schlesien

Endrikat, Fred
*07.06.1890 Nakel, Preußen
†12.08.1942 München

Erb, Elke
*18.02.1938 Scherbach

Falke, Gustav
*11.01.1853 Lübeck
†08.02.1916 Hamburg

von Fallersleben, August Heinrich Hoffmann
*02.04.1798 Fallersleben
†19.01.1874 Corvey

Fontane, Theodor
*30.12.1819 Neuruppin
†20.09.1898 Berlin

von Goethe, Johann Wolfgang
*28.08.1749 Frankfurt am Main
†22.03.1832 in Weimar

Hauff, Wilhelm
*29.11.1802 Stuttgart
†18.11.1827 Stuttgart

Hebbel, Friedrich
*18.03.1813 Wesselburen
†13.12.1863 Wien

Heine, Heinrich
*13.12.1797 Düsseldorf
†17.02.1856 Paris

Herder, Johann Gottfried
*25.08.1744 Mohrungen, Ostpreußen
†18.12.1803 Weimar

Herrmann-Neiße, Max
*23.05.1886 Neiße, Schlesien
†08.04.1941 London

Heyse, Paul
*15.03.1830 Berlin
†02.04.1914 München

Hölderlin, Friedrich
*20.03.1770 Lauffen am Neckar
†07.06.1843 Tübingen

Holz, Arno
*26.04.1863 Rastenburg, Ostpreußen
†26.10.1929 Berlin

Huch, Ricarda
*18.07.1864 Braunschweig
†17.11.1947 Schönberg im Taunus

Kaléko, Mascha
*07.06.1907 Chrzanów, Österreich-Ungarn
†21.01.1975 Zürich

Kaschnitz, Marie Luise
*31.01.1901 Karlsruhe
†10.10.1974 Rom

Kästner, Erich
*23.02.1899 Dresden
†29.07.1974 München

Kolmar, Gertrud
*10.12.1894 Berlin
†vermutlich Anfang März 1943 Auschwitz

Kulmann, Elisabeth
*17.07.1808 Sankt Petersburg
†01.12.1825 Sankt Petersburg

Kurz, Isolde
*21.12.1853 Stuttgart
†06.04.1944 Tübingen

Langer, Christine
*24.10.1966 Ulm

Lasker-Schüler, Else
*11.02.1869 Elberfeld
†22.01.1945 Jerusalem

von Liliencron, Detlev
*03.06.1844 Kiel
†22.07.1909 Alt-Rahlstedt

Maske, Ulrich
*1950 Hannover

Mayröcker, Friederike
*20.12.1924 Wien
†04.06.2021 Wien

Meerbaum-Eisinger, Selma
*05.02.1924 Czernowitz, Rumänien
†16.12.1942 Zwangsarbeitslager Michailowka, Rumänien

Mereau, Sophie Friederike
*27.03.1770 Altenburg
†31.10.1806 Heidelberg

Morgenstern, Christian
*06.05.1871 München
†31.03.1914 Untermais, Österreich-Ungarn

Mörike, Eduard
*08.09.1804 Ludwigsburg
†04.06.1875 Stuttgart

von Platen, August
*24.10.1796 Ansbach
†05.12.1835 Syrakus, Italien

Poschmann, Marion
*15.12.1969 Essen

Rilke, Rainer Maria
*04.12.1875 Prag
†29.12.1926 Valmont bei Montreux, Schweiz

Ringelnatz, Joachim
*07.08.1883 Wurzen
†17.11.1934 Berlin

von Saar, Ferdinand
*30.09.1833 Wien
†24.07.1906 Wien

Scherer, Georg
*16.03.1824 Dennenlohe
†20.09.1909 Eglfing

Scheuerlin, Georg
*25.02.1802 Mainbernheim
†09.06.1872 München

Schiffner, Sabine
*24.09.1965 Bremen

Schwitters, Kurt
*20.06.1887 Hannover
†08.01.1948 in Kendal, England

Storm, Theodor
*14.09.1817 Husum
†04.07.1888 Hanerau-Hademarschen

Tieck, Ludwig
*31.05.1773 Berlin
†28.04.1853 Berlin

Trakl, Georg
*03.02.1887 Salzburg
†03.11.1914 Krakau

Trojan, Johannes
*14.08.1837 Danzig
†21.11.1915 Rostock

Tucholsky, Kurt
*09.01.1890 Berlin
†21.12.1935 Göteborg

Uhland, Ludwig
*26.04.1787 Tübingen
†13.11.1862 Tübingen

Varnhagen, Rahel
*19.05.1771 Berlin
†07.03.1833 Berlin

von Vischer, Friedrich Theodor
*30.06.1807 Ludwigsburg
†14.09.1887 Gmunden am Traunsee

Zitz, Kathinka
*04.11.1801 Mainz
†08.03.1877 Mainz

Bibliographische Nachweise

Ausländer, Rose:
»Margerite«
aus: Rose Ausländer, Gesammelte Werke / Wieder ein Tag aus Glut und Wind. Hrsg. von Helmut Braun.
© S. Fischer Verlag GmbH, Frankfurt am Main 1986
Abdruck mit freundlicher Genehmigung.

Detering, Heinrich:
»Küchenfenster«
aus: Heinrich Detering, Wundertiere. Gedichte.
© Wallstein Verlag, Göttingen 2015
Abdruck mit freundlicher Genehmigung.

Domin, Hilde:
»Nur eine Rose als Stütze« und »Herbstzeitlosen«
aus: Hilde Domin, Gesammelte Gedichte.
© 2009, S. Fischer Verlag GmbH, Frankfurt am Main
Abdruck mit freundlicher Genehmigung.

Draesner, Ulrike:
»forsythien, die knallgelb, noch blattlos, ihr würfeln«
aus: Ulrike Draesner, für die nacht geheuerte zellen. gedichte.
© Luchterhand Literaturverlag, München 2001, in der Penguin Random House Verlagsgruppe GmbH
Abdruck mit freundlicher Genehmigung.

Erb, Elke:
»Ich wache auf«
aus: Elke Erb, Das ist hier der Fall. Ausgewählte Gedichte. Hrsg. und mit einem Nachwort von Steffen Popp und Monika Rinck.
© Suhrkamp Verlag Berlin 2020
Abdruck mit freundlicher Genehmigung.

Kaléko, Mascha:
»Lenz«
aus: Mascha Kaléko, Verse für Zeitgenossen. dtv, Frankfurt am Main 2017, S. 18-19.
© 1975 Gisela Zoch-Westphal
Abdruck mit freundlicher Genehmigung von dtv Verlagsgesellschaft mbH & Co. KG.

»Veilchen«
aus: Mascha Kaléko, Die paar leuchtenden Jahre. Hrsg. von Gisela Zoch-Westphal. dtv, München 2003, S. 203-204.
© dtv Verlagsgesellschaft mbH & Co. KG, München 2003
Abdruck mit freundlicher Genehmigung von dtv Verlagsgesellschaft mbH & Co. KG.

Kaschnitz, Marie Luise:
»Sommertag«
aus: Marie Luise Kaschnitz, Gesammelte Werke in sieben Bänden, Band 5: Die Gedichte.

Abdruck mit freundlicher Genehmigung.

Kästner, Erich:
»Der dreizehnte Monat«
aus: Erich Kästner, Die 13 Monate.

Abdruck mit freundlicher Genehmigung.

»Die Heimkehr des verlorenen Sohnes«
aus: Erich Kästner, Doktor Erich Kästners lyrische Hausapotheke.

Abdruck mit freundlicher Genehmigung.

Langer, Christine:
»Barfuß« und »Zweiklang«
aus: Christine Langer, Lichtrisse. Klöpfer und Meyer Verlag, Tübingen 2007.

Abdruck mit freundlicher Genehmigung.

Maske, Ulrich:
»Veilchen« und »Ausblick«

Abdruck mit freundlicher Genehmigung.

Mayröcker, Friederike:
»spanische Wand« und »Maiglöckchen«
aus: Friederike Mayröcker, dieses Jäckchen (nämlich) des Vogel Greif. Gedichte 2004–2009.

Abdruck mit freundlicher Genehmigung.

Poschmann, Marion:
»Gartenplan«
aus: Marion Poschmann, Geliehene Landschaften. Lehrgedichte und Elegien.

Abdruck mit freundlicher Genehmigung.

Schiffner, Sabine:
»hibiskus«
aus: Sabine Schiffner, Dschinn. Gedichte. S. Fischer Verlag 2007.

Abdruck mit freundlicher Genehmigung.